我們

宋如珊——著

我知道，終有一天，我會離開，
也許是身體的離開，獨自走向死亡，
或者是心智的離開，遺忘了一切，包括我深愛的你們和我自己。

但我相信，在我們一起走過的日子裡，
我早已偷偷地把部分的自己寄放在你們心裡。

所以——
離開，不是失去和歸零，只是一種轉換，
而你們的愛與想念，將拼合成不滅的我。

序 《我們》的禮物

如瑜：「妹，你還有沒有想要做的事？」
如珊：「我想留給翩翩一份永遠的禮物。」
如瑜：「什麼樣的禮物？」
如珊：「為翩翩寫一本書，一本留給她的書，成為她永遠的紀念。」

這是你乳癌轉移時，在醫師診療室外，和你姊姊的對話。

反覆撫摸《我們》的文字，彷彿聽到溫柔的你再次親口說出對我的思念與叮嚀，像在一座無憂無慮的城堡中，牆壁由我們共有的情緒砌成，家具刻著每個生活的痕跡，站在窗前，襯著藍藍的、無邊無際的天空，回顧我們的故事。

此時的你一定也正從天空回望我們吧！那些穿著盔甲拿著寶劍與兇猛病魔戰鬥的日子，你是一位英勇無比的鬥士，而我盡己所能扮演好後援的角色，這二十一年來我們踏踏實實地相伴，一起在這個世界呼吸著相同的勇氣。

二〇〇五年，我五歲，罹患乳癌是你與自己身體戰爭的開端。

二〇一〇年，我小學三年級，爸爸腦溢血，你一肩擔起大將的職責，保護整個家庭。

二〇一二年，我小學六年級，憂鬱症使你雪上加霜，你卻勇往直前。

二〇一三年，我七年級，轉移骨癌是病魔的長聲尖叫，而你以生命的怒吼回擊。

二〇一五年，我準備升高中，在猛爆性肝炎的威脅下，你與死神談判，贏得一局大勝利。

二〇二〇年，我上臺大了，肝臟的癌細胞殺出一條血路，你且戰且走，緊握希望。

二〇二一年，我大三，在我生日當天，病魔以癲癇預告戰鬥等級提升至紅色警戒，你腦部細胞叛變，我們陷入艱困的戰局。

二〇二一年十月，意外的腸穿孔重重打擊了信心，希望如微弱的燭光在風中飄搖，一向堅強的你漸漸失去咬緊牙關的力量。

二〇二二年三月二十九日十六點三十九分，你在睡夢中卸甲，戰爭結束了，也代表你在人世間的任務已盡，你的勇敢以及這一路的堅持就是最高榮譽的獎章。

謝謝你生下了我，陪我長大，《我們》的一字一句會讓我在未來漫長的人生中，依舊能時時感受到你溫暖的手緊握著我。眼前路遙遙，時間推著我不斷向前走，每當眷戀地回視來時路，就會看見你的腳印如影隨行，然後漸漸消失在太陽下山的角落，那刻，你長出了無與倫比的美麗翅膀，自由自在飛向天涯海角。

你的愛，濃縮在這二十一年間，但願《我們》乘載的情感能讓讀者一同感受。一如你向來的勇敢，展翅高飛，去追求那無罣礙的世界吧！如果不能也無妨，十年後，我再把你生回來，換你來當我的孩子，再續《我們》。

女兒　翩翩

二〇二二年六月

目次

輯二

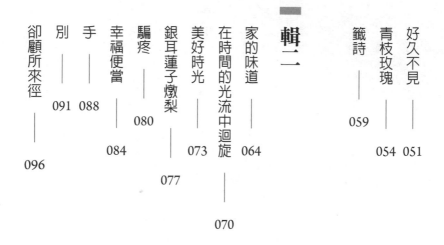

輯三

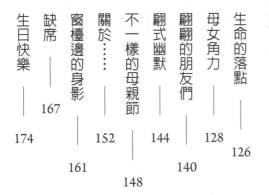

輯四

輯一

粉紅色的弧形箭頭

媽媽常說，我從小是個安靜的孩子，不像姊姊無論發生什麼事，回家都會向她報告，而我總是把事情放在心裡，很少主動告訴她。她還說，姊姊小時候常和同伴四處去玩、去打球，而我卻非常「宅」，有時整個下午躲在房裡，叮叮噹噹地「敲」一架破舊玩具鋼琴，或者窩在樓梯下的「娃娃家」裡，自己玩家家酒……媽說的這些陳年往事，其實我都還有印象。記得從我小學二年級開始，也就是姊姊讀國中後，我無法再做她的小跟班，跟著她和她的同伴出去玩，我便開始了「自得其樂」的童年，只是媽不知道，那樣的下午，我並不是自己一個人。

我在自己想像的世界中，扮演不同的角色：有時是自彈自唱的歌手，在坐滿觀眾的表演廳裡，陶醉地彈唱，觀眾專注地聆聽，謝幕的喝采在廳裡迴盪；有時是合唱團的伴奏，我配合指揮的手勢，敲下每個音符，把琴聲融進團員的合聲，做片稱職的綠葉；但更常是忙碌的老師，帶領著一群小朋友練習唱遊，我得不時解決孩子們突發的狀況，讓他們成為合作的團體，然後一遍又一遍地反覆練習，直到做出完美的表演。現在回想起來，原來當老師這件事，對我而言，也不盡然只是人生的機緣，或許在冥冥之中和潛意識裡，我已將自己一步步導向這童年時的夢。

小時候的我，不像姊姊喜歡閱讀少年讀物、《亞森羅蘋》什麼的，我最喜歡的，是在自己想像的劇本中自編自導自演，或是靜靜呆坐胡思亂想，所以我不常需要玩伴或陪伴，因為我的腦子裡有個很大的世界，有許多幻想的故事情境、我和人物的奇怪對話，以及關於自身和世界莫名其妙的問答。從這裡，我又發現，原來我對小說研究的興趣，也不見得全是後天的養成，這或許也和我腦裡的世界有很大的關係！

我一直清楚記得一幅景象，在我家那雨聲新村八十五號、兩層樓、鋪著橘紅鋼磚的前院裡，陽光斜射穿過遮雨棚的晌午前，我六、七歲瘦小的身影，常獨自拿一張木頭方板凳，坐在前院曬太陽，然後彎著上身貼在腿上，右手食指在鋼磚上畫著線條或圓圈，腦裡困惑著有關生命的「哲學」議題。我曾和學生提到過這情景，有學生問：「老師，這不是老人家做的事嗎？」的確，這好像不是孩子會做的事，我也常懷疑，在我的身體裡，似乎錯藏一個有時過老、有時過小，與外表年齡不符的靈魂，這總使我忘記自己的實際年齡，因為這些客觀數字，常與我的主觀真實相左，有時還逼得我必須把自己拉回所謂的現實……

童年時的這些「偉大」議題中，至今仍令我印象深刻的是：生與死的關聯性。當時的我，一直想不通「死」了以後如何再「生」，但在我小小的心中，沒有「消失」的存在，我堅信「死」後必「生」，但我又無法解釋滿臉皺紋的老公公和圓潤細嫩的小娃娃間的轉化，於是我在二者間，留下了一個粉紅色的弧形箭頭。別問我為什是粉紅色的弧形箭頭，因為我至今無法理解，當時腦中為何會出現如此圖形！

當我長大些，學到「輪迴」這個詞，我懵懂地猜想，這大概指的就是我腦中的粉紅色弧形箭頭。記得曾在書裡看到一種說法，今生關係密切的人，在累世輪迴過程中，會以不同身分關係再度聚首，生命的離合，不僅止於眼前的悲歡，還有很多不同的可能……對粉紅色弧形箭頭的好奇，一直吸引著我，即使對正跨入生命下半世紀的我而言，它仍閃爍著迷人的幽光，並尾隨著一連串無解的問號：

我要怎麼沿著粉紅箭頭張望前世的我們，又要怎麼順著粉紅箭頭滑向來世的我們，還有還有，被夾在兩個粉紅箭頭中當世的我們，又是怎麼彼此吸引、依偎、牽絆？

——二〇一四年二月二十七日

你叫什麼名字？

這月初，我們一家去逛淡水，在紅毛城附近的義式餐廳歇腳，服務生把我們領向靠河岸的景窗邊，走在長長的通道中，突然一聲熟悉的「宋妹妹」，我回頭看見正和朋友用餐的國中時期密友美玲，我們驚喜寒暄擁抱，回想上次偶遇，已是翩翩出生前的事了。

坐下之後，翩翩好奇地問我怎麼是「宋妹妹」，其實這美玲專用的暱稱在我心中早已沉底，再度聽見猶如一把時間之鑰，開啟閉鎖了三十多年的青春記憶，那段建和與翩翩還沒參與的人生。「宋妹妹」是我和美玲之間的密碼，就像每個人除了正式學名外，在不同的人生階段、人際關係中，常有多種稱謂，或者小名、綽號，這些稱呼猶如代碼，揭示了身分和關係。

我在家排行老么，小名阿妹，有個關於「阿妹」的故事，母親常常提起：我一歲左右時，某天黃昏爸媽帶姊姊和我去散步，母親一時興起，想讓我學會說自己的名字，於是她對我說：「如果人家問你叫什麼名字，你要說『阿妹』，知道嗎？」我很機靈地回答：「知道。」

然後母親開始測試：「你叫什麼名字？」

我還是很機靈，但只會重複句尾：「名字。」

母親一再測試，我一再重複「名字」。一個黃昏的測試，年輕的母親感到完全的挫敗，她放棄了，相信自己生了一個笨傻的女兒，並在往後的日子中，不斷自我安慰：孩子只要健康就好。其實母親的反應，並非沒有道理，因為類似的情形，在我兩歲讀托兒所時再度發生，只是這回我記得我叫「阿妹」了。

新生入學時，老師點名認識小朋友，點完全班，有一個名字沒人認領，而我也沒有領取任何名字，於是老師走上前來，問我叫什麼名字，這回我記住了母親的教導，大聲回答：「我叫阿妹！」老師笑了，而我想這回應該是答對了。

我一生做過的工作，幾乎都是老師，大學時的家教、研究所時的華語教師，然後就是一做二十年的大學老師，除了家人朋友外，「宋老師」是最多人對我的稱呼，也是我最熟悉的身分。校園裡的生活單純規律，寒暑之間學生來來去去，除了大樓教室的更新變換，歲月的足跡常難以察覺，但師生世代的差距卻悄悄拉開了，有天忽然聽到學生在背後喊我「宋媽」，我頓時疑惑抗拒，然後暗自算著：是啊，是可以做他們母親的年齡了，如果我婚後就生孩子，孩子是該這麼大了……

生了翩翩之後，我多了一個稱呼——翩翩媽媽。我和母親的想法很像，總覺得「名字」代表的是獨立的個人，不是依附他人而產生的身分。在母親的年代裡，女性婚後多冠夫姓，但母親堅決反對，她覺得自己是吳家女兒，始終姓吳，不姓宋吳，而我對外也習慣自稱宋小姐，鮮少用林太太，但翩翩出生後，卻有了變化。我發現在和孩子有關的場域和關係裡，我進入「失名」的狀態，我不再是原來的宋如珊、宋老師、宋小姐，我的專業和背景都模糊失焦，我成為「翩翩媽媽」，代表的身分只有：這小女孩的母親。

第一次遇到這種情形是在醫院，翩翩出生後幾天回院注射預防針，年輕活潑的護理師看到我們這對新手父母把孩子包得密不透風，邊笑邊接過嬰兒，打開包巾，讓她透氣，然後甜甜地說：「媽媽～你看寶寶的臉這麼紅，她都快熟了……」我一邊笑著護理師的形容，一邊想著她怎麼跟著孩子叫我「媽媽」？但日復一日，我逐漸融入這種「親子語境」，不論是陪孩子購物、看病，或是開親師會、上才藝課，我都會自動調整頻道，任其他身分退隱，母親角色上身，進入「失名」狀態：「老師好，我是翩翩媽媽。」、「翩翩媽媽，藥水每隔四小時餵一次。」、「翩翩媽媽，謝謝你週四早晨來帶小朋友讀唐詩……」

在台灣興起改名風的那陣子，有的親友為了轉運去改名，但我從沒改名的念頭，雖然我的名字有些拗口，「如珊」兩字都要捲舌，但這名字的由來，記錄了母親生我的辛苦。當時母親待產的時間很長，疼痛整夜至隔天下午才臨盆，所以取「姍姍來遲」的意思，配合家族的排序和部首，而成此名。我的名字不常見，很少遇到同名者，但去年中，我收到署名Jushan Song的臉書交友邀請，這名字的英文拼音和我的近似，但我無法在記憶中尋出她的面貌，在接受她的邀請並彼此默默按讚了一段時間後，我收到她的私訊，恍然大悟這奇妙的緣分：

老師加油！這是第一次寫信給老師。雖然不知道您生了什麼病？希望老師早日康復！

忘記說，雖然我不是您學生。只是看見您文字好喜歡又因為跟您同姓名覺得好奇妙。我自己也是有腦瘤，不過很幸運地治療後不怎礙事。我會祝福禱告老師跟我一樣幸運！

在瀏覽她的動態後，我拼出她的人生輪廓：虔誠的基督徒，從事兒童教育工作，有個讀小學的兒子，正和前夫打扶養權官司，長期身心壓力下身體瘦弱，但宗教是她最大的支持，兒子是她最大的安慰。讀懂她的故事後，不知怎麼地，我隱隱覺得這名字彷彿透著淡淡哀傷，很有愛，卻很辛苦，就像我的……

這十年來，經歷許多事之後，我才懂得人生是一場完全無法想像的冒險旅程。當年，從畢業工作，到結婚生女，原以為人生就這樣平平順順地走向未來，但我四十歲開始，我們一家坐進了暗夜波濤的小船中，繞過接連而至的礁石和漩渦，五年前建和把手中的船舵交給我，在風浪中，我們繼續相依追尋黎明前燈塔的方向。夜深人靜時，疲累失望襲來，常使我想起大一時導師史紫忱老師為我寫的名字對聯：

如如風雲外
珊珊有無中

依稀看到老師坐在桌前，用濃厚的河南鄉音，解釋給我聽：如如，是如如不動；珊珊，與姍姍相通。就是說，在風雲變換中，能不動如山，在有無得失間，要緩步從容……

——二〇一五年七月二十二日

夢記

我是個多夢的人，有些夢醒後仍清晰難忘，有時是預示未來，有時是心境反映；有的是片段情境，有的是完整故事。

預示之夢

去年，我做了兩個預示的夢，一凶一吉，倒還真準。初春，我夢見我的主治醫師走出診間，碰見我，愉快對我說：「你的病好了！」我驚喜問他：「真的嗎？」他笑笑點頭，醒來後我卻絲毫沒有夢中的喜悅，直覺這是不祥之兆，果真半年後，我的癌症指數開始飆升，年底確診轉移。春夏之交，翩翩參加私立中學入學考試，那天清晨，我夢見我們倆去吃喜酒，餐廳天花板下方的架子上，立著一條金色大魚，抬起偌大的魚頭，接著服務生端來一個紅碗，裡面有四顆大紅湯圓，我心想，怎麼這麼沒有美感，從內到外一片紅，醒來後我猜這是好預兆，沒過多久放榜，翩翩真的如願考取。

邀約之夢

有些夢似乎也是預示，但還透露某種心理暗示。今年我曾兩度夢到亡者的邀約。年初時，夢見往生多年的莊叔叔，邀我一同旅遊，我們各自駕著飛機飛越山河，夢中的自然景色美不勝收，令人流連，中途休息時，他約我繼續同行去他家玩，但我拒絕了，於是獨自駕機返航。農曆七月，夢中我告訴姊姊，堂哥傳Line給我，說他想見我，但我回他說沒空，醒來才想到堂哥已去世數年。在這兩夢中，我完全不記得邀約者已離世，甚至莊叔叔還和記憶中一樣風趣健談，但後來一想，這些夢似乎代表危機中的轉機，所以我的拒絕赴約，反而讓我有種逃過一劫的僥倖心情。

慈愛之夢

我不常夢見死去的親人，即使有，也多是零散片段，但在建和病後，我卻兩次夢見往生數年的公公。第一次是建和住院期間，我夢見在大型的表演廳裡，排滿紅絲絨座椅的觀眾席間，公公笑著走向我，我不知何故遞給他一千元，請他收下不用找錢，但他堅持還給我九百元，我心想，公公怎麼那麼客氣！第二次是去年清明節清晨，夢見基隆婆家客廳裡，建和的兄姊甥姪都在，公公走進來，我看著他，他對我微笑，我納悶公公已經過世，為什麼還在家裡走動，而大家竟都沒注意到，然後我端著兩碗菜到廚房，其中一碗不小心把湯汁灑在料理檯上，公公跟在我身旁，連忙安慰說：「沒關係！沒關係！」我轉身抱著他，哭喊著「爸——爸——」，直到現在，我還清楚記得抱著他的感覺，那麼溫暖而柔軟，就像他沒有離開我們。之後我從夢中哭醒，久久無法平復，但我深信，這夢是因為那天清明，我沒法回去給他上香，他惦念我，先來家裡看我，而那天全家只有我夢見了他。

驚恐之夢

夢是通往潛意識的捷徑，我常從夢境窺視自己的內心世界，由夢的隱喻探知意識和潛意識間的糾結衝突，但有回我和姊姊「同床同夢」，這離奇經驗我至今難解。所以當學生問我，吉本芭娜娜小說《廚房》裡男女主角「同夢」的情節，是不是奇幻手法的運用，我竟答不上來，因為在我個人經驗中，這可能是寫實的一種。記得我國中時的某個暑假，姊姊放假回家，我們同睡一張大床，在農曆七月的某晚，我夢到自己在夜晚樹林裡被一個矮胖男人追趕，慌亂奔逃，大叫一聲驚醒，姊姊也同時大叫醒來，然後她告訴我，她夢見我被一個胖男人追趕奔逃……這個同夢事件，嚇到了不信邪的媽媽，從那時候起，我們家也開始中元普渡，祭拜好兄弟。

惡趣之夢

並不是所有的噩夢，都會嚇出一身冷汗，今年仲夏，我做了一個無厘頭的可笑噩夢。夢中，我的手機上，出現一張新聞照，是在會議室裡，好多如森蚺的彩色巨蛇，依序在桌上盤蜷著，像是展覽或比賽，牠們的主人都分別陪在旁邊。我邊看照片邊想，攝影記者可真不容易，還得在這樣的會場拍照，真是可怕的工作！接著場景跳接，我竟已置身會場，但只剩下兩條拉直身軀的巨蛇在場，這時鏡頭朝我自己推近，我坐在會場前方，面對著巨蛇，身旁小桌上放著一個夾滿生菜、起士、火腿的巨大三明治。剎那間，我的左前方衝來其中的一條巨蛇，牠有乳牛般的黑白花紋，我嚇壞了想逃，但驚醒的瞬間，牠大口咬了我的三明治……我的驚恐立刻轉為爆笑，我想，會做這樣的夢，大概是餓壞了！

追尋之夢

今年元月，我剛由乳房外科轉到血液腫瘤科，開始進行多種檢查。醫師提出治療計畫後，我不但向其他中西醫尋求專業意見，也到龍山寺和關渡宮求籤，內心的彷徨不安可見一斑。在決定參與藥物實驗的計畫後，我做了一個意境深遠的宗教之夢，夢中只有我和一位陌生的光頭男子。層層疊疊的山岩，每層鑲嵌著佛寺，我抬頭望去，雲霧中的峰頂，是一尊慈藹的石雕觀音面像，我獨自在山巒間攀爬，斜照的日光從樹葉間灑落，我聽見踩踏碎石的足音，回頭看見瘦高結實的光頭男子沿石徑走來。之後不知何故，我被困在岩石平台上，他把我抱下來，我問他：「我很重，是嗎？」他說：「不重！」這是我們僅有的對話。然後我們繼續靜靜相伴前行，但又長又陡的坡道，讓我疲憊不堪，我長長地嘆了一聲，他溫和地看著我，然後抬手指向岩頂的觀音，示意繼續向前，我在他的淺笑中醒來，看著微曦中的牆，內心異常地平靜，似乎懂得未來的路雖然艱辛，但我並不孤單。

重生之夢

二月中，學校開學前一週，朋友和學生陸續知道我將請假的事，紛紛傳訊息關心我的病情，就在開學的前一天，我夢到去海邊放生。陽光溫柔的午後，天空透著神祕的藍，我小心地把一隻白鴿捧在胸前，走在岩石堆砌的長長海岸平台，平台上豎立著好幾根大理石柱，我一路輕撫著白鴿向大海走去，我們似有深厚的情感。我心裡有種矛盾，知道該放牠走，卻又有強烈依戀，最後我顫抖的手終於向前揮去，讓牠離開我的掌心，可是牠竟以一種往下的弧線，繞著石柱盤旋，我這才發覺牠的右翼受傷，有一排裂羽，牠試著起飛三次，卻又頹然失衡滑落，最後終於展翅而去，而我悲喜交織，不捨牠離去，卻又為牠獲得新生喜悅。而我覺得，這白鴿其實就是期待自由重生的自己。

我常做夢，有時醒來還會賴在床上想想剛做過的夢，而前晚夢中的悲喜，甚至會「偷偷」影響我的心情。我一直覺得我的夢是我人生的一部分，就像分析小說人物性格時，我總提醒學生不要忽視人物的夢境，我也試圖透過夢去了解深層的自己，例如漏水傾圮的家、蟲蛀腐朽的琴等意象，在我夢中重複出現，很長時間後，我才懂得其中的隱喻，前者是對我父母家庭的掛心，後者是對我自己家庭的擔憂。這些夢不僅是我探索內心的鑰匙，也是我釋放情感壓力的管道，所以記錄夢境，也就記錄了我生命中的另一種真實。

——二〇一四年九月二十日

遇見恐懼*

人很難真正了解自己的恐懼，除非真的遇見，遇見某些人或某些事。我常以為自己不會害怕，但有些恐懼會沉澱在記憶裡，寂寞獨處或午夜夢迴時，會冷不防竄到眼前，嚇出一身冷汗，或朝心窩捅上一刀。比如，童年的夜晚在人群中走失、讓愛離去卻無能為力，或者死亡逼近卻無計可施。

我現在的主治醫師是血液腫瘤科的趙醫師，他是個陽光型的大男孩，也許是因為那張年輕白淨的娃娃臉，使他在病人面前總以「趙醫生」自稱，強調他的專業，給予病人信心。我很佩服他的EQ，雖然他面對的是癌症病患，還有許多是已擴散轉移的末期病人，但他總是面帶微笑，耐心地說明治療計畫和用藥方式，

* 此文原載《愛　希望　感恩　二〇一七　二十週年特刊》，台灣同心緣乳癌關懷協會，二〇一八年一月十七日。

並適時鼓勵安慰。但有一回，我看到他嚴肅地拉下臉來……

那天，我剛在診間坐下，準備和他討論我的檢查結果，一位六十出頭的瘦小婦人逕自推門進來，她看來和趙醫師頗熟，「趙醫生，我狀況很不好，現在要開刀了！」她站在桌前說。

「我看你現在挺好的啊！比上回來好多了。」他輕鬆地回答。

「我星期三開刀，你一定要來看我！」

「我星期三有事，星期四門診結束後去看你。」他笑著點頭。

她滿意地離開，但不到一分鐘，又進來說：「我有醫療保險，住院有五萬塊錢額度可以用，你看我之後要用的一些藥，能不能住院時先買下來？」

「性質不同，沒法這樣開藥啦！等一下輪到你，我們再討論。」趙醫師臉上仍然掛著笑。

她走到門邊，但似乎想起什麼，又轉身回來，站在我身後，提高嗓門說：「我告訴你，我一點都不怕，醫生說我轉移到全身，只剩三個月，我一點都不怕，連遺囑都寫好了……」

我原本低著頭，這時不自覺地抬頭望著趙醫師，我看見他笑容凝住，臉部表情快速變化，沉沉地說：「我在看診，這裡有其他的病人，你先出去，等叫到號再進來。」我知道他不希望她的情緒影響到我，其實，診間裡的我們都察覺了她的恐懼，她在迂迴之後故作輕鬆，透露出她內心底層面對死亡的懼怕。

這情境讓我想到，二〇〇五年秋天，我去乳房外科門診看檢查結果，我問石醫師：「是Cancer嗎？」石醫師回答：「是欸……」我還記得他那溫和而長長的語尾，似乎希望我不會受到太大的衝擊，事後我還注意到，當時我問他用的是英文Cancer，而不是「癌症」，所以我也偷偷發現了自己的逃避和恐懼。

我潛意識中的恐懼，不常或者說很少用「哭泣」來表達，所以我總以為自己不會害怕。我的醫師曾和我聊過，有位乳癌病人從確診開始，每回門診都大哭，連哭了半年，其實治療狀況都很不錯。記得那一年，我從確診、手術、化療，到放射治療，只哭過一回，就是確診回家的那個黃昏，建和準備出門上班，在浴室整理衣領，我把臉埋在他的背上，哭著說：「怎麼辦？翩翩還這麼小？」我把哭的力氣，拿去花在想下一步的路，因為沒有眼淚，我也以為自己勇敢無懼。

但這半年多來，我發現自己常在週一晚間莫名地冷靜，或者說平靜，但夜裡卻失眠。有天我突然懂了，其實我是在和不安對抗，我的故意忽視，是試圖壓制恐懼，就像愛人離去時告訴自己「我不在乎」。其實，我是害怕的，害怕週二的早晨，一連串的抽血、檢查、門診、注射……就像一個不斷重複的迴圈，看不到盡頭……

也許，我該感謝這些迴圈，因為重複代表生命延續的機會。

也許，開始面對恐懼，才能真正學會勇敢！

——二〇一四年九月十四日

星期二的早晨

第二門診一樓：抽號，等待，排隊，交檢驗單，驗血——

早上有沒有吃東西？沒有。深呼吸，忍耐一下，好了，壓住棉球十分鐘。謝謝。

第二門診二樓：交檢驗單，等待，叫名，照心電圖——

脫鞋，躺上去，上衣拉高，露出胸部。好。照好了，今天要給醫生看報告嗎？不用，謝謝。

中正樓二樓：抽號，等待，交檢驗單，排序，等待，裝靜脈針頭，等待，照電腦斷層——

吸口氣，現在打鹽水，有點冰喲，好了，針管是軟的，可以自由活動。謝謝。

不用脫鞋，躺上去，等一下聽指示吸氣、憋住、吐氣。好。現在注射顯影劑，全身會有熱熱的感覺，忍耐一下。嗯。照好了，在外面坐二十分鐘，沒有不舒服，再請護理師拔針頭，這兩天回去多喝水，才可以把顯影劑排出。好，謝謝。

坐二十分鐘了嗎？嗯。有沒有不舒服？沒有。針頭拔掉後壓十分鐘。好，謝謝。

這一年來，星期二的早晨，我常很忙，忙著檢查、門診和治療。因為參加藥物實驗計畫，須配合檢查，接受密集的病情追蹤，所以上醫院成為我的一種生活規律：每四週驗血和照心電圖，每八週斷層掃描，每十二週心臟攝影。每天早餐後一小時，服用兩顆實驗膠囊，每四週進行兩種標靶針劑注射。日子便在這不斷重複的迴圈中前行，原本抗拒的心情，在不斷反覆中逐漸習以為常。

趙醫師的門診病人很多，上午的門診常一直看到晚間七、八點，那天在漫長的等待中，我獨坐診間外閉目養神，淑玲跑來搖醒我，在我身旁坐下。她是我的病友，比我年長一些，是傳統的家庭主婦，我倆雖分屬不同的實驗計畫，但病況相近，主治醫生和回診時間都相同，所以常閒聊。上個月碰面時，她因掉髮的困擾，想打退堂鼓，於是我問她：

「你上次說想停止實驗，結果醫生怎麼說？」

「醫生說，我的狀況很好，應該要繼續，不然就要化療了，他每次都講這種話嚇我。可是你看，我這邊頭髮都快禿了，我昨天還跑去染頭髮呢！」

「我剛開始也掉得有些厲害，現在好一點了。」

「你知道，我每天做菜的時候，沒多久，廚房地上就有好多頭髮，我看了好難過。現在洗澡我都不開燈了！」

「為什麼？」

「我不要看到排水孔上都是我的頭髮……」

我試著安慰她：「其實掉頭髮沒關係啦，還會再長就好了，以前化療時不是都掉光了嗎？」

「我告訴你，我那時候好勇敢，我知道會掉頭髮，我就先去把頭剃光。」

我笑說：「你很厲害喲，我那時候想剃，但沒剃，結果到最後，還有幾根死守不退，只好自己用剪的，哈哈！」

淑玲皺皺眉說：「那次還有親戚跑來看我，說沒看過光頭！所以這次轉移，我誰都不想說……」

記得那年冬天，我買了好多頂帽子和一頂假髮。有天我和建和說，我想買假髮，他順口回答：「我以為你不會在乎外表。」我生氣向他大吼：「我可以不在乎自己的美醜，可是我不能忍受別人奇怪的憐憫眼光，尤其要我對不熟的人解釋我得了乳癌！」後來我才知道，最難受的眼光，其實不是同情憐憫，而是好奇窺探。

那年在三次化療之後，冬末，我開始接受放射治療，身體模型的製作，是重要的準備工作，目的是固定每次照射的位置，正確瞄準患部。當時模型的製作，由兩位實習生似的年輕男性醫護人員進行，在我脫去上衣後，他們突然要求我把帽子摘下，我怔住看著他們，因為這與我的模型無關，但他們直視我並催促著，我只好無奈地順從，然後在他們臉上，我看到令我永遠忘不了的表情：因刻意壓制發笑的嘴角，而產生的臉部不自然線條，以及眼睛裡好奇窺探後的滿足。

淑玲繼續說：「我老公家兄弟多，他們都退休了，每個禮拜都來家裡泡茶，一坐就一下午，我要一直侍候他們，切水果、弄吃的，真的好累。」

「那叫你先生和他們說，就說你身體不好，需要休息。」

「還是不要，我討厭他們問東問西的……」

第一門診二樓：等待，叫名，門診——

我們先來看驗血的指數，好，都正常，但癌症指數還是偏高，再觀察一下，今天需要幫你開什麼藥嗎？上回的止痛藥，還需不需要？不用了，止痛藥還有，其他就和以前一樣，請幫我開癌骨瓦、驗血單。好，等會兒還是去助理那兒打法洛德。好，謝謝醫生。

第二門診二樓：抽號，等待，注射——

你先等一下，癌骨瓦剛從冰箱拿出來，我讓它回溫一下，不然會很痛。謝謝。好了，可以了，袖子捲高點，吸氣，痛不痛？要不要推慢一點？還好，沒關係。好了，不要揉，壓五分鐘。謝謝。

中正樓十樓：等待，注射——

來，我們先進去打法洛德，一樣左邊先打，我先檢查一下，看上次打的散掉了沒。嗯。很好，沒有硬塊了，吸氣，我要下針了。嗯。這種油性藥劑比較痛，我慢慢推，會痛和我說。好。還好嗎？還好。那打右邊了。好。好了，我替你揉一下，今天還要不要冰敷袋？還是給我冰敷袋吧，上次回去有些淤血。好，你等一下，我拿給你。謝謝。

星期二的早晨像玩闖關遊戲，一關闖過一關，最後的關主是醫師助理，我得和她確認這個週期的狀況，繳回用藥紀錄、身高體重血壓心跳紀錄、剩下的藥品和藥瓶，並填寫身心狀況調查問卷。然後領取下個週期的藥品、用藥紀錄表、掛號單、驗血單、心電圖檢查單、攝影檢查單等。「如珊，等一下記得去批價，下次回來，還是一樣，做完檢查打電話給我，我陪你去診間找趙醫師，順便看今天電腦斷層的結果。」「好，謝謝，再見。」「再見。」

走出中正樓，右側有個人工湖，湖中有兩個小島，島上有木製的鵝舍，住著幾隻胖嘟嘟的鵝，這是人們在醫院與生老病死拔河時，可以稍稍喘息的地方。當走在門診大樓與中正樓間的高架甬道時，我常隔著玻璃，佇足俯視，好奇看著湖裡的鵝，不知會出現什麼景象，牠們有時在水裡優游，有時在岸邊昂首，偶爾也有爭執搶食的激烈畫面。就像是人生，我們無法預知下次出現眼前的會是什麼。

過去，我擁有的是一個可以計算年的大沙漏，每年八月的複檢是我的「大考」，考試結果決定未來一年的生活是否能如常運行，我的沙漏是否有機會再次翻轉，重新計時。

如珊，你已經第十四個cycle了，很棒吔！繼續加油！

這很不容易嗎？

堅持一年了，真的很不容易，表示你的狀況慢慢穩定了，我們陪著病人一路走來，看到你們能持續下去，我們真的很高興。

有人退出這實驗計畫嗎？

有，有兩個退出了。我們碰到病人有狀況，必須退出實驗，尋求其他辦法，我們心裡也很不好受！你現在穩定，那就最棒了。

我一直清楚記得，那年秋末的一幕：那時，我做完手術不久，身體還很虛弱，有天早晨，我走到巷底的芝山岩棧道旁椅子上坐著，抬頭看見樹叢上垂掛如簾的藤蔓，開始轉黃落葉的大葉雀榕，以及成群在樹枝間穿梭的綠繡眼，突然發現美好的事物其實就在身邊，可惜在世俗中奔波的我從未用心感受。

現在，雖然我的沙漏變小了，只能承載一個月的時間，「大考」也成了「月考」，但每回能再次翻轉沙漏，我都一樣欣喜感恩。我想，病痛是一種生命的提醒，就像許多交響樂都有令人難忘的樂章，生命的意義，應不只是長度的追求，而是力度與深度的展現。

——二〇一五年二月十五日

年輪

生日像生命年輪的標記，是舊一輪的結束，新一輪的開始。年輕時，常把生日當成狂歡慶祝的正當理由；年紀大些，覺得這是日常生活的平凡日子。但今年，在病中休養的我，對生日有了不同的理解：這一天，應該要為自己過去一年的成長舉杯，也該為未來一年的打拚加油。所以四十九歲的生日，不但是告別四十八歲，而且是開始為五十歲的人生做準備。

每年我都會過兩次生日，一次農曆，一次陽曆。前者是家族的慶祝，收下媽媽的大紅包，然後大家一起吃頓飯，說說笑笑鬧一鬧；後者則是我們家三口的聚會，美食電影摩天輪。每年都要過完這兩次生日，才覺得自己真的跨入另一道年輪。媽說，我今年的生日很不一樣，因為閏九月，所以農曆生日跑在陽曆之前……我也覺得，今年過生日的心情，真的很不同。

多年前，我辦了一張美麗華百樂園的信用卡，銀行提供卡友的生日禮是兩張電影票和一張摩天輪券，剛開始只是覺得反正沒有其他的安排，那就全家去玩一玩！但幾年下來，生日搭摩天輪似乎成了一種習慣，或者說儀式，我們總在摩天輪上搶拍照片，即使我們不記得哪年生日在哪吃了飯，看了什麼電影，但這些照片卻實實在在地留下了回憶，所以建和總是自豪，他購買的攝影器材，最大的回饋就是留住這些一去不返的時光，我們的青春和翩翩的成長。

四十九歲的第一天，白天我們仍如以往地慶祝，但不一樣的是，晚上我必須為「未來」做準備，去中醫師那兒針灸，因為隔天是回榮總打針治療的日子，我得在迎戰敵人前武裝好自己。不知是心理作用或是舒壓效果，這幾個月來，我發現每週針灸和腳底按摩，使治療後的不適減輕許多。因為一天之內要進行骨癌和乳癌的標靶針劑注射，副作用雖不像過去化療時來得排山倒海，但胃脹想吐沒食慾，渾身痠痛無力，也會把元氣耗盡。於是治療前的針灸和治療後的按摩，我絲毫不敢輕忽，雖然不免奔波的疲累，但心情是愉快的，至少找到了與病痛共處的方式。

今年生日的驚喜，是收到女兒送的生日禮物——音樂專輯和祝賀板。早晨起來，飯桌上放著一份特別的禮物，張震嶽的《我是海雅谷慕》，我之前一直買不到這專輯，翩翩卻有心且幸運地買到了。裡面有首歌〈抱著你〉，我們都非常喜歡，我曾和她說：「這首不是情歌，也許談的是上帝，就像黃國倫的〈我願意〉，禱告後得到靈感，或可詮釋為願為上帝奉獻……」但她說：「我也不覺得是情歌，但我不覺得是指上帝……」然後她定定地看著我，我想我懂，就像我們之間的默契與愛：

如果生命果真是無常，我願坦然面對而不慌，
有你在我身旁，有你給我力量，
抱著你　抱著你　抱著你。
你的眼神充滿愛和光，讓我不畏懼明天黑暗，
煩惱憂愁悲傷，一切都不重要，
抱著你　抱著你　抱著你，
我只要抱著你　抱著你　抱著你。

翩翩五歲時，我罹癌，十三歲時，我癌症轉移，我知道她小小的心靈承受沉重壓力，但她一直樂觀正面地陪在我身旁，給我快樂和提醒，就像光與力量支持著我，尤其在不知盡頭的治療過程中。正如今天黃昏時，她羽球課結束，我去接她，她拿出粉紅色祝賀板給我，其中寫著：「要相信天空塌下來的話，我們家只不過是搬到地下室，不管到哪裡，全員到齊就是一個Home。」在四十歲的最後一圈年輪裡，疾病讓我重新體認生命的意義，要在更有限的時間裡，過得更有滋味。

——二〇一四年七月十四日

早課

走進廚房，打開水龍頭，把蘋果、奇異果、柳丁、百香果、石榴、紅蘿蔔、生薑泡進流動的水裡，清洗削皮切塊，再從冰箱拿出苜蓿芽、葵花苗，沖水瀝乾，一起放入食物調理機，然後舀入一匙綜合堅果，灑上黑芝麻粉和三寶粉（小麥胚芽、啤酒酵母、大豆卵磷脂），加入適量溫水，接著先以低速攪碎，再以高速磨細。在機器低沉轉高細的運轉聲之後，倒出一杯富有深秋氣息的橘棕色濃稠蔬果汁，最後加入些許亞麻子油拌勻，這酸甜微辛又有飽足感的精力湯，伴著幾片蘇打餅乾和一份早報，便是我日常早課的歡喜句點。

這一年長假開始後，不少朋友問我：你放假在家，每天做什麼？

其實放下所有工作後，我仍有不少事要做，其中最重要的，就是調整生活步調，領略「慢活」的滋味。剛開始，我很不適應這種大好晨光卻只忙著自己飲食、運動和休息的生活，向姊姊抱怨，每天早上過得很「荒廢」，沒做什麼「事」。姊姊給了我當頭一棒：「現在你的『事』就是把身體養好，吃東西、出去散步，甚至睡覺，都是在『養生』，這就是你現在最重要的事！」於是我乖乖地嚴肅看待我的「早課」。

面對癌症近十年，我已懂得醫生、病患和疾病之間的關係，在對抗疾病的過程中，醫生猶如救火隊，會在最危急的時候出面退敵，但之後清理災區、重建家園的工作，無法假手他人，病患必須從身心靈三方面找對策，最基本的就是健康的生活方式，而均衡飲食、持續運動和開朗心情是重要法門。對於正在進行治療的我而言，尋得適合的運動是當務之急，因為不但要藉此增強體力，拉長戰線拖延時間，也要促進代謝，幫助肝腎排出積存體內的大量藥物，所以運動便成了早課的重頭戲。

隨著對藥物的適應和體力的恢復，我的運動從原先的校園操場散步、看影片跳韻律，到近幾個月，已能爬上芝山公園的兩百台階，上山做柔軟操、練氣功和平甩功。我上山運動時總獨來獨往，不主動與人交談，媽覺得我太孤僻，應學習和其他人打成一片，其實我一直樂於當個旁觀者，因為芝山公園的早晨風景，除了四季花草樹木的變化和松鼠鳥禽昆蟲的活動外，最有意思的，就是形形色色的人們。

二〇〇五年我外科手術後，便常上芝山公園運動，直到前幾年，因配合工作時間改去學校游泳，才較少上去走走，如今重回舊地，看到一些熟悉面孔，也有不少新加入者。早上六、七點鐘，是山上最熱鬧的時段，走一圈山頂棧道，可以碰到許多動態或靜態的晨運者：前者多是快步健走或小跑步，有的聽著《空中英語教室》或政論節目，有的三兩結伴邊走邊聊，也有的獨自運動調息，還有一些退休的老先生們，或為舊識同好，他們遠遠遇見，便隔空高呼「喂~喲~」，彷彿互道早安。後者多占有固定場地，少則三、五人，多則十多人，約好時間一同做操、練功、打拳、跳舞等，其中通常有位年長者，被稱為老師，會帶領大家，或個別指導。

我家巷底就是公園棧道，沿著棧道繞個大彎便是北隘門步道，這是我最喜歡上山的路，因為在岩石修砌的階梯上方，有濃密的樹蔭，進入步道便可享受到濕涼清新的空氣，拾級而上，穿過小小的防禦城門後，再爬四十多個台階便到達山頂。步道盡頭左側的涼亭，有位男師父帶著十多位阿公阿嬤練功做操，右側順著棧道向前，是一座石砌的「時間廣場」，廣場石板地上刻著台北盆地的發展史，這兒有位女師父和三、五位中年人一起打拳舞扇。我總在走完兩圈環頂棧道後，回到時間廣場往西砲台的一方棧道小平台上練氣甩手。

我閉眼、捲舌、蹲馬步，聚氣於喉，然後循經脈運行全身，這時沉靜下來的心，使聽覺進入極敏銳的狀態，遠至山下的車聲哨音，近至身旁的鳥叫蟲鳴，甚至風聲落葉都清楚入耳。於是我發現，放慢身與心的節奏，能更精準地覺察四周的變化，「速度」在這裡出現了迷思，緩慢其實並不是遲鈍，而是展示出「快速」所漏失的細節，有時這些細節反而提供更多訊息，幫助達成更好的結果，超乎預期。

「慢活」的精神，有一部分體現在「慢工」的樂趣，當去除時間壓力後，「慢」讓人體會出更多的生活興味，而學懂「慢」的美感，是我早課的作業之一。下山回家後，走進廚房，繫上圍裙，張羅蔬果汁，果粒深紅透亮的石榴是我的最愛，輕輕撕開白色薄膜，將果粒一顆顆剝下，在這耗時的手工活裡，時間悄悄從指尖滑過，豐盈和滿足也一點一點在白瓷碗裡積累，就像石榴的酸甜，生活開始變得有滋有味。

——二〇一五年一月十七日

好久不見

確定過完年要回校上課後，我便思忖該找個日子回研究室看看，但整整一年不曾回去，心情有些複雜，既期待又害怕。對我而言，這段時間離開的不僅是工作場域、人事環境，也是過去多年不變的生活方式，或許是心裡還沒準備好如何走向下一程的路，所以只想一個人悄悄地回去，於是選在學校停課師生不多的這天，回到山上睽違許久的家。

我帶著清潔用品，一副大掃除的架勢，坐上計程車直驅華岡，仰德大道兩旁的景物依舊，只有華興中學坡坎上多了幾個防止塌方的支架和鐵網。車子一轉進校園，便聽見熟悉的校歌鐘聲，這長長的鐘聲，令我想起，以前每回請作家來演講，他們聽到這鐘聲，都會好奇地停下來詢問，這是什麼音樂或發生什麼特別的事，而今天這鐘聲，卻彷彿在安撫我「近鄉情怯」的心。

下了計程車，走進大典館，我原以為四周會有許多變化，就像我這年波濤起伏的生活一樣。但到了四樓的走廊，發現同事研究室門上的裝飾和海報，雖然舊了些，但都和原來一樣，這是一種奇怪的感覺：這一年的「時間」哪兒去了？時間和空間，如同兩條座標線，生活是座標上的點，在同樣空間的軸線上，一年時間的挪移幾乎看不出來，可是我的生活和心情卻已大不相同。

銘如曾和我聊到，她大病之後，第一次開車回學校工作，路上百感交集淚流滿面，我聽了頻頻點頭，心有戚戚，我知道雖然一年的時間不長，但走過死蔭幽谷的我們，卻有種恍如隔世的迷茫。記得二〇〇五年夏末，那時我已確診癌症需開刀治療，開學前回校辦理請假手續，獨自走在大成館的廊道裡，我竟有不論當學生或當老師時，都不曾有過的強烈渴望：期盼開學，回到課堂。那種心情，除了是我對教書工作的喜愛，更是我對未知未來的惶恐，懷疑自己能否恢復健康、回到以往生活。

走到我的研究室門前，順手把門上前年貼的新春剪紙撕下，然後謹記媽媽交代過的，久沒人住的屋子，進去前要先敲門，打聲招呼。於是我敲門，開鎖，推門，然後……愣在門口：我本以為，這三百多天的日子，會化為塵土輕輕飄落四周，空氣應潮濕泛著霉味，花器裡的黃金葛應乾枯垂掛；但這裡的一切就像我昨天才離開，桌椅地板潔淨，冷氣呼呼吹著，花器雖空了，但擺放整齊。

記得去年初，一群研究生到家裡來看我，閒聊中我順口提到，擔心山上冬天潮濕，研究室的書會發霉，因為前一年的寒假，書架上新買的布面精裝《台灣文學史綱》竟長出點點霉斑，於是在圖書館任職的瑟芬說有空會替我開窗透氣。但我沒想到，貼心的她不只幫我開冷氣除濕，還掃地清理環境，這種意外的驚喜，讓我覺得無比幸福。

我拉開窗簾，露出三分之二面牆的兩扇大窗戶，讓陽光越過對面大義館的尖頂照向室內，然後坐到書桌前，打開電腦，播放音樂，順手整理堆疊的舊考卷、舊報告、過期雜誌，熟悉的感覺一點一點地回來了。好久不見，我山上的家，下個月我就回來了，回到以前的生活，也許就像暑假文瑜讓我們做集體催眠時，我在未來時空所看到的：推開研究室的門，看到我穿著一身淡藍色的洋裝，站在這窗前，靜靜地望著遠方，等待上課鐘響，回到課堂的講台上……

——二〇一五年一月八日

青枝玫瑰

右上臂內側的青色靜脈，在缺乏日照的皮膚上，伸展如一棵小小梅樹，在稍覺僵硬的橫生青枝枝頭，冒出了粉紅色的疹粒。米粒般凸起的微小紅疹，逐漸長成如紅豆的玫瑰色疹丘，綻放好一陣子，然後褪色脫皮，留下淡褐色的痕跡。疹子的起與退，竟像花的開與落。

兩個多月前，四肢開始長出這種小紅疹，熱了就癢，癢了就抓，抓完紅腫更甚，細小疹粒便綿延成整片疹丘。走進皮膚科，頭髮灰白的醫生看了一眼，便為它驗明正身：玫瑰糠疹。

你的乳癌現在怎麼樣了？

前年底轉移骨癌，開始做標靶治療。這和治療的藥物有關嗎？可是已經打了一年多了吔！

和藥物無關，與免疫系統有關。

我一直擔心是癌症惡化的徵兆……

這和癌症無關，這種疹子一輩子只會得一次。

可是已經快兩個月了還沒好，那我該注意些什麼？

通常病程兩個月左右，但依個人身體狀況，時間可能不同。不用特別注意什麼，發完就好了，我開抗組織胺給你吃，類固醇藥膏給你擦，目的是止癢，讓你不會太難受……

回家後，上網查找「玫瑰糠疹」，看到的資訊和醫生說的差不多，唯一醫生沒提的是：它不會長在臉上。我心想，這麼重要的訊息怎能沒提呢？這會讓多少病患鬆一口氣，至少不用逢人解釋：這不會傳染，發過就能終身免疫了……

洗完澡，我在房裡觀察身上的疹粒，是以胸腹外圍為起點，放射式地朝四肢蔓延。看著沒被占領的胸腹區域，有著三三兩兩的疤痕，這些都是生命的故事，身體用傷疤記錄活過的痕跡，而最初的傷口是肚臍，切離母親和我的證據。

記得有一次朋友和我提到，她女兒不敢穿露腰的短衣，總是抱怨診所醫師斷臍技術差，肚臍太凸難看，回家後，我仔細端詳翩翩的肚臍，大醫院的醫生手法的確細緻許多，翩翩的肚臍平而圓，而我生她時剖腹的刀痕，沿著皮膚的紋理，藏在皺褶間，也不怎麼明顯。

您是否覺得觀看自己不穿衣服的樣子是很不舒服的事？

這是我每月回診治療時，都要填寫的身心狀況調查問卷中的一題，而我的答案總無法填「否」。有回我和朋友談到身體記憶的問題，說到這件事，雙子座的她，很直爽地說：人過了三十歲以後，不穿衣服都不好看，皺紋、斑點、皮膚鬆弛……怎麼會好看？然後我們相視大笑。

左側乳房局部切除後，我不喜歡看自己的裸體，不是因為對缺陷的厭惡，而是一種同情的哀傷。受傷的乳房像是受了委屈而撇嘴的孩子，對於她的失落，我無能為力，外科手術留下的刀疤，雖在放射治療後變得較淡較平，但仍像是一截淺米色的粗線黏附在她垂頭喪氣的臉龐。

那年深秋，我在手術後回家休養，乳房和腋下吊著引流管，傷口包著厚厚的紗布，身體虛弱得只能臥床閱讀，那時床頭只有兩本書，一本是姊夫送的馬雨沛的《與癌症共舞》，一本是西西的《哀悼乳房》。當時我心裡的難題，不是怎麼面對自己失去的乳房，而是怎麼讓建和與翩翩面對失去乳房的我，但建和的平靜體貼與翩翩的勇敢乖巧，化解了我的難題，也讓我從拆線、拆紗布，結痂、蛻去痂皮，到接受自己的不完美，一切都在平順自然中禮成。

肩部和臂腿的玫瑰糠疹總在洗完澡後又紅又腫，剛領回藥時，常請翩翩幫忙擦藥，時間一久，自己也懶了，心想醫生說過，發完就好了，就任它瘋狂肆虐。翩翩夜自習回來，陪她吃宵夜時，我常拉起袖子問她：「你看有沒有好一點？」她也認真地看著說：「感覺比較消了／淡了！」有天，我摸著自己粗糙不平的手臂，想到她從小最怕青蛙和癩蝦蟆，於是逗她：

「你叫我癩蝦蟆媽媽好了。」

「不要，你才不是癩蝦蟆媽媽！」

「如果有一天，我變成癩蝦蟆，你還要不要理我？」
「要——，就算你變成癩蝦蟆，我還是會理你、愛你。」

——二〇一五年十月八日

籤詩

起床後突然想起，我已兩個多禮拜沒吃止癢的抗組織胺了，趕忙拉高褲管看看原先布滿紅疹的小腿，發現只剩下三三兩兩褐色的斑點和細細的皮屑，再捲起袖子看看較早發疹的手臂，竟完全看不出發疹的痕跡，皮膚反倒比原來光滑許多。這歷時近八個月與玫瑰糠疹的攻防戰，終於走到了尾聲。

去年夏天開始，我向皮膚科、免疫科醫師求診，從天天擦藥、忍癢不吃藥的僥倖等待，到乖乖按時服藥的認真對付，到最後懶得擦藥、癢到受不了才吃藥的忽視放任，這病程彷彿有自己的走勢，我努力想藉外力壓制都無法奏效，最後在我放棄抵抗順其自然後，它終於緩緩解衣卸甲。

這讓我想起去年在行天宮抽到的一支籤，籤詩寫的「寅午戌年多阻滯，亥子丑月漸亨嘉」，似已預示這惱人紅疹會在農曆二月退去。我很驚訝神諭的神準，也想到大概許多事都有各自的運與勢，就像人生，必須等時機的到來。但在等待蟄伏中，如何讓起落的心安穩踏實，有時比拔槍揮劍對抗反擊更難。

這兩年，好友秀美常陪我去廟裡拜拜，也許就像台語那句老話「也要人，也要神！」在最惶惶不安的日子裡，我總會在拜神之後求支籤，而籤詩的文字就像一種安慰，一種指引。不曾想過迷信與否的問題，只覺得那是一塊我可以抓住的浮木，讓載沉載浮的心定下來。

想到自己的心情，就會想到關錦鵬的電影《胭脂扣》，女主角如花從被賣到妓院當琵琶仔開始，初一、十五都到廟裡求籤，當她和男主角十二少在一起後，有天她燒著過去的那些籤詩，對十二少說：「以前我有這些籤，現在我有你。」陷在生活谷底的人，對未知的未來有更多的無助和期盼，每向前踏步都是矛盾和遲疑，這些無形的力量便成了重要的支柱，活下去的勇氣。

前一陣子姊姊才告訴我，我剛確診病情轉移時，她陪我去關渡宮拜拜，我執意要抽籤，信基督教的她卻擔心我抽到下下籤會影響心情，於是心中暗自向菩薩請求給我一支好籤，結果籤詩以寶物被人暗損為喻，指示「果然失脫增煩惱，若待尋時在近方」，解詩為：疾病者尋醫不遠，保養小心。姊姊鬆了一口氣，而我也定下心接受醫院安排的藥物實驗計畫。

去年夏天，帶翩翩去京都散心，在清水寺裡，我抱著好奇的心情，求了一支日本的觀音籤，籤詩曰：

苦病兼受辱，乘危亦未穌。
若見一陽後，方可作良圖。

我和翩翩看完後會心一笑，沒想到不論走到哪裡，菩薩要告訴我的道理都相同：雖然困難苦境不會短期簡單解決，但得學著忍受承擔等待時機，也許來年春天後，會有新的契機。

低頭看著逐漸消退至小腿和腳踝的褐色斑點，雖然不知道這個春天來了會怎樣，身體是否能穩定，家人是否能平安，工作是否能順利，生活是否能安適……但終究，最冷的冬天已經過去了。

——二〇一六年四月二日

輯二

家的味道

超市買回台南鹽水意麵，清水煮熟，拌上店家自製的肉燥，再燙盤菊苣，就湊合一頓午餐了。吃著吃著，建和看看那碗肉燥，說：「怎麼那麼多肥肉？」「是豬皮！老板大概覺得燉出膠質，口感較滑順。有點淡，但味道還可以。」

他若有所思地說：「你爸的炸醬麵，真是一絕。」

他這麼一說，把我的味蕾從記憶中喚醒，思念起那鹹香又帶點回甘的豆醬滋味：「是啊！吃了這麼多外面的炸醬麵，沒有一個比爸做得好吃的……」

爸的炸醬麵，醬和麵都很單純。市場買來老北京的炸醬，摻點甜麵醬，讓味道不會死鹹，絞肉是主角，有時加點蝦米和冬菇，在鐵鍋裡慢慢拌炒，炒到肉和醬的香氣完全相融，肉末慢慢滲出薄薄一層油，然後盛起，灑上蔥花。要吃的時候，在煮好的拉麵或手擀家常寬麵上，先淋一點炸醬的油，讓麵不沾黏，再澆上一匙炸醬拌勻，而我喜歡加上幾滴好醋，醋的微酸使醬香麵香之外，還給舌尖留下一種撩人的依戀。

爸以前常說：吃炸醬麵，得要講究「麵碼」，麵碼雖是配料，但馬虎不得。家裡常見的麵碼不外是各種切成絲的配菜，如小黃瓜、胡蘿蔔、豆芽、木耳、香菇、蛋皮、青蔥、蒜苗、香菜……爸的炸醬麵是我成長記憶中「家的味道」。在那物質生活不充裕的年代裡，「家」是洗石子外牆內的兩層樓房，「家的味道」是廚房飄出的誘人菜香和餐桌上的家常菜，而爸爸菜、媽媽菜和姊姊菜交織出我年少歲月的飽足與滿足。

爸是北方人，偏好麵食，所以全家包餃子並不稀奇，而記憶中又好吃又好玩的是看爸做烙餅和蔥油餅，因為可以分到一些麵團揉著玩，學著擀麵抹油撒鹽撒蔥花，然後捲成條繞成圈壓成餅，下鍋煎到金黃焦香。最忙的是做麵片湯，湯燒開後，大家得把已擀成條的麵團輕輕拉成薄片，扯斷下鍋，動作得快，麵片薄厚大小不能差太多，不然有的成糊了，有的卻還沒熟。麵片湯的材料，不過是些簡單的蝦米、冬菇、金針、肉絲、蛋花、大白菜，但冬夜裡一碗灑上胡椒的濃稠麵片湯，卻是暖胃暖心的聖品。

記憶中的爸爸菜，不是大魚大肉，而是善用辛香料的家常巧手滋味，醋溜馬鈴薯絲、肉末燒茄子、鴨血燒豆腐、酸辣白菜、酸辣黃瓜、什錦大鍋菜……姊姊菜得了爸爸北方菜的真傳，重口味的下酒菜炒得嗆辣夠味，連需要火爆速度的「衝菜」（或稱「嗆菜」），也難不倒她。或許是她國中生病休學那年，從電視節目《傅培梅時間》得到許多啟發，她的廚藝青出於藍而勝於藍，不少細緻的南方菜也端得出來，寵壞了我的一張嘴。

姊姊菜的經典演出，要推三十多年前，她結婚前在家親手下廚宴請爸媽友人的那一桌，那天滿桌菜餚中，我最難忘的是清炸蝦球和醺魚，蝦球鮮嫩彈牙，醺魚甘鹹耐嚼，這兩道都是費時費事的工夫菜，平日家常是吃不到的，至於其他醉雞、肚絲、滷牛腱什麼的，也不在話下。記得那天大家喝的是金門高粱，叔叔伯伯們大快朵頤，盛讚佳餚，熱鬧氣氛中杯光酒影，映照著臉上泛紅油光的喜氣。

媽媽總說她不會做菜，只要爸爸和姊姊有空，她便退居幕後，讓出廚房的管轄權，但媽媽菜是我成長歲月中吃得最久的味道。我們小時候，媽為準備便當菜而煩惱，和朋友學煎豬排，請肉販切好帶骨肉排，回家用刀背拍打至筋散軟嫩，然後用調味料醃一天，沾上薄薄太白粉下鍋煎至香酥。有回也許是豬排太香了，廚房料理檯上等待放涼的兩個便當盒裡的豬排，竟不翼而飛，後來猜想，大概是老鼠聞香順著排水管爬進廚房叼了去。

媽媽菜的代表作，是傳承阿嬤味道的紅燒肉，口味近似江浙飯館的東坡肉。把川燙好的肥瘦多層次五花肉塊，整齊放入鋪滿蔥段的鍋內，用醬油、冰糖、酒和少量的水，細火慢燉，冰糖醬汁與青蔥香氣完全融入肉塊，是絕佳的下飯料理，以這種方式燒出的豬腳，同樣令人欲罷不能。近幾年，媽媽的拿手菜還有滷味，不論蛋、豆干或背脊二層肉，經她那鍋陳年滷汁浸煮之後，八角香氣四溢，食材甘醇入味，是逢年過節的必備菜餚，連鄰居朋友都咂嘴稱讚。

這兩天超級寒流來襲，連台北山區都飄起細雪，突來的嚴寒，讓我嘴饞懷念起爸爸的酸辣湯。這些年來，吃過許多飯館的酸辣湯，卻少有對味的，唯有鼎泰豐的與爸做的近似，但鼎泰豐的辣，用的是黑胡椒和辣油，而不是道地白胡椒，吃起來又覺得少了點什麼。於是備好材料，向姊姊求教，姊做的酸辣湯完全掌握了爸的精髓：

薑末爆香，加水，豆腐、鴨血、木耳、豬肉切絲入鍋，煮開。以醬油取代鹽來調味，需勾較稠的芡，接著下蛋花，蛋花宜嫩。最後調以白胡椒、好醋、麻油，灑下蔥花和香菜。

姊還特地提醒做酸辣湯的三大禁忌：不可放胡蘿蔔絲、不可用黑胡椒、不可用烏醋。我想，這大概就是為什麼店裡的酸辣湯喝起來總不對味的緣故。我試做完成，傳照片給姊看，我說味道略遜一籌，她看了一眼，便找到癥結：醬油少了，鹹味不足，其他味道顯不出來。其實她也點出了我做菜的毛病，我怕油煙，菜的味道較清淡，那些油爆油炸的菜都甚少出現在我家餐桌上。

姊還說：「我找到我們家酸辣湯的源頭了！」

我很疑惑：「在哪裡？」

姊緩緩地說：「在河南。上回我去河南工作，那兒很多地方都有一種『胡辣湯』，路邊店裡、飯店的早餐都有，味道和我們家的酸辣湯幾乎一樣，唯一的差別是，我們家勾芡用太白粉，河南那兒用麵粉，所以我們的湯是透明的，那兒的湯是混的……」

在姊姊的描述中，歲月悄悄從我眼前滑過，流淌著淡淡的哀愁。河南是爸爸的故鄉，離開後再也沒回去過的家，記憶中，爸不曾在我面前說過想家，只偶爾聊到他放風箏、騎大狗的童年往事。姊說，小時候的中秋節，爸會獨自帶著月餅到淡水河邊賞月，但開放探親後，朋友問他要不要回老家去看看，他總說親人都不在了。經過了這麼多年我們才懂，原來酸辣湯是爸心裡家的味道，他用食物訴說了遙遠的鄉愁，而這鄉愁交在姊姊的巧手裡，傳遞著我心裡家的味道，我在脣齒間迴游向爸的故鄉！

——二〇一六年一月二十七日

在時間的光流中迴旋*

媽媽的自傳完成了，在替她校稿的過程中，我隨著字句滑進時間的光流中，看著那個既熟悉又陌生的身影，在光流中穿梭迴旋。少年時的媽媽，青年時的媽媽，壯年時的媽媽……還有媽媽的憶往和心情，這些在自傳裡都串了起來，串成媽媽的人生旋律，交雜著喜怒哀樂的生命故事。

大陸作家王安憶在長篇小說《紀實與虛構》中，描述女主角追索母親家族血緣的歷程，猶如一種母系的尋根。閱讀媽媽的自傳，我也在尋根，尋找潛隱字裡行間媽媽的人格特質，認識不同人生角色下的媽媽，也從中對應思考自己的性格遺傳，甚至延伸想像女兒翩翩的未來，使我觸動心緒的，不僅是血緣的譜系，還

＊此文是為母親吳粉女士自傳《回首來時路　點滴在心頭》所撰寫的序文。

包含著女性命運的牽繫。

我常想起一個場景：翩翩還未滿月時，有天晚上，媽媽來看我，我們坐在臥房的床上閑聊，小翩翩在床中央熟睡，媽媽提醒我一些初為人母的生活瑣事。這昏黃燈影下祖孫三代的景象，彷彿訴說著一個很長的故事，從「很久很久以前……」一直到「從今以後……」，就像我在媽媽的牽引下，沿著她的足跡走向下一段人生旅程，而小翩翩也正要開始邁步走向她的未來。

童年記憶中的媽媽，是忙碌而病弱的，除了上班的時間，通常躺在房間裡休息。但是這麼多年來，媽媽肩頭總是有一根無法放下的扁擔：我們小的時候，扁擔的一邊是家庭，另一邊是工作；我們長大獨立後，扁擔的一邊換成病倒的爸爸，另一邊則是她永遠放不下心的哥哥。這種長期的沉重壓力，壓在她瘦弱的肩上，她撐起的不只是自己的人生，還有我們的人生——媽媽是一股堅強的力量，讓我們踏實，給我們溫暖。

有時我在想，這樣的歲月，媽媽是怎麼走過來的？又是怎樣的環境，塑造出她堅毅的性格？讀著媽媽的少年往事，體會她力爭上游的心，她的許多勇敢和堅持，竟是已入不惑之年的我所望塵莫及的！而媽媽的好學精神與認真態度，則是我們永遠的榜樣。這本自傳的出版，就是最好的證明。

媽媽有個超越常人的數字頭腦，舉凡電話號碼、物品價格、金融行情等都能記得又快又正確，但數理和人文是兩種不同的思維模式，因此數字頭腦對她從小缺乏信心的國文毫無幫助，每逢重要考試，她最害怕的就是作文。爸爸病後的幾年，為了抒發心情苦悶，她開始提筆寫日記，前兩年，姊姊和我看到她的日記已有些分量，便建議她寫下自己的故事，作為人生的回憶，就在她的努力和恆心下，這本自傳終於完成了。

媽媽的文字簡樸自然，沒有過多的修飾，有的只是真情流露。在她娓娓道出的故事中，我多次被深深地感動，不論是我不曾參與的成長時期，如小舅舅的早逝、與外公的互動等，或是我曾一同經歷的青壯歲月，如奔波醫治哥哥、照顧生病的爸爸等，在這些起伏曲折之中，我試著參透人生的學問，也從媽媽經歷的道路中，學著面對自己的未來，我想，這是一門生命教育，而且終身受用！

——二〇〇八年十月十七日

美好時光

爸住進關渡醫院護理之家三年多了，姊姊留職停薪在醫院附近租房子住，因為她的就近照顧，我和媽媽都放下了許多身心的壓力，我每週去看爸一次，通常是在週末下午，有時碰見姊姊，就一起說說笑笑，逗爸爸樂一樂。去年十一月底，某個週五晚上，我去看爸，爸的精神很好，看著我直笑，眉眼嘴角都笑開了。

印傭瓦蒂問他：「爺爺，誰來看你啦？」

爸說：「宋如珊來看爸了！」

我很驚訝爸清楚說出我的名字，因為已經很久他連我的小名都不叫了，有時我甚至以為爸已不太認得我了。二十多年前，爸腦部動脈瘤開刀後，有段時間總說自己有三個女兒，還質問媽他那摔斷手的女兒到哪兒去了。其實，我們家只有兩個女兒，那個摔斷手的女兒就是幼年時的我，據媽說，我兩歲多時，有次站在椅子上，要撿掉到地上的橘子，不小心摔斷了手，而我對當時僅有的記憶是，打石膏的手臂奇癢無比，爸拿著筷子伸進石膏縫隙替我抓癢，而姊姊頑皮地在我的石膏上畫圖。

這晚爸叫了我的名字，我真的好開心，忍不住親了爸的臉頰，爸笑說：「你這是什麼意思啊？」

我大笑回答：「爸，這是什麼意思……這是我喜歡你啊！」

爸也笑答：「那我也喜歡你。」然後他噘起嘴要親我，我趕緊把臉湊上去！

這晚，爸用清透的眼神定定地看我許久，我想他有話要對我說……

我不常晚上來看爸，但去年初有個晚上，我下了課身心俱疲地來看他。那時爸住在呼吸治療病房，因從加護病房出來不久，身體很虛弱，清醒的時間並不多，但那晚他突然用這種同樣清透的眼神看著我，當我們四目相對時，片刻間，我覺得爸讀懂了我心裡所有的苦，我和他說：「爸，我不快樂。」他憂傷地問我：「孩子，你怎麼了？」他的關心使我情緒崩潰，伏在他胸前大哭，就像小時候一樣，不顧一切地向他傾瀉內心的無助和無奈，爸不知如何安慰我，他說：

「孩子，不要這樣……」

那晚，我回家後，故事並沒有結束。爸用他有限的力氣問姊：「什麼事？」姊知道爸在問我，向他解釋我可能因為工作壓力大，以及藥物的副作用，導致情緒不穩，應該沒事了。她說：「您是好爸爸！」爸卻說：「我不是。」她說：「您是好爸爸，因為您了解孩子。」那天直到很晚，爸若有所思看著天花板不想睡，姊問他：「爸，您在想什麼？」爸抿著嘴看她，眼中有淚，她又說：「爸，您不累嗎？不想休息一下嗎？」爸回答：「我不但不累，眼睛還一直流淚。」姊明白爸還在擔心我，允諾會和我聊聊，陪我去看醫生，爸這才點頭，不再說話。但從那晚到次日，爸的心跳一直不穩定，連主治醫生都有些擔心。

爸在病中掛記著我，這不是頭一回。四年多前，爸因感染發燒，住進榮總加護病房，那時建和腦部開刀不久，剛由榮總轉進振興醫院繼續復健，我輕描淡寫地告訴爸建和的情形，本想爸可能不太注意，沒想到他突然用一種哀傷的表情對著我，我問他：「爸，你怎麼了？不舒服嗎？」爸哽咽地說：「我是擔心你啊！」聽完後我滿眼是淚，久久答不上話來。天下父母心，他不在意自己的病痛，卻掛心我的處境，這種心疼只有在自己當了父母後，才能真正體會。

這晚，我再度晚上來看爸，在這相似的情境中，不知爸是不是也憶起那令他震撼到第二天還心跳不穩的晚上，所以他關愛的眼神不時停留在我的臉上，而我似乎也讀到他心中的牽掛和不捨。於是我摸著他的臉，在他耳邊說：「爸，我很好，沒事，你放心……」一直到我離去時，他的臉上一直掛著笑。

這是一個充滿愛的美好夜晚！

姊陪我下樓等接駁車時，我們對爸的眼神有相同的解讀——那晚的記憶和無限的疼惜。上車前，姊對我說：「你看，這麼多人愛你，你要好好的！」我默默點頭上車，然後回望車窗外仍看著我身影的姊……

我想，幸福不難，但可遇不可求。

我們何其有幸，成為家人，緊緊依偎，靜靜相守。

——二〇一四年九月二十五日

銀耳蓮子燉梨

去年入夏以後，我常莫名喘咳，上下課進出冷氣房後咳得更厲害，有時咳到連上課、錄廣播都上氣不接下氣，必須不停喝溫水擴張氣管止咳。姊姊陪我去看胸腔科，做了些檢查，醫生說呼吸氣流較弱，氣管敏感，帶回了許多藥，氣管擴張劑、止咳藥、化痰藥和抗組織胺等，但似乎效果有限。朋友說，這是身體對溫度變換無法調適之故，但後來我才知道，應是原來服用的某些藥物，引起了胃酸過多和胃食道逆流，胃液刺激氣管導致喘咳。

那段時間裡，我每週到關渡看爸時，姊姊都會準備一罐銀耳蓮子燉梨讓我帶回家，要我每天早晨吃一點，有時她還會在裡面加些紅棗枸杞，讓我補元氣。她說：「止咳藥是治標，這才是治本，要乖乖地吃。」我也就撒嬌厚臉皮地回她：「那我就讓你照顧了！」然後我們倆都滿足地笑開了。

其實，我從小就習慣被姊姊照顧，在我心裡，她不只是姊姊、朋友，也像是母親。記得我幼稚園時，站在小桌子旁，看著讀小學的她拿鉛筆寫作業，我心裡好羨慕，也好佩服；我小學低年級時，暑假作業除了手寫的功課外，還有許多是一袋袋的小勞作，裡面除了要拼組的零件外，就只有一張小小說明書，常在假期結束前，她一邊幫我，也一邊教我，忙得人仰馬翻，讓我開學能準時交出作業。

姊姊的手很巧，會做可愛的小飾品，她自己不曾留過長髮，卻會替我紮辮子，做蝴蝶結頭飾和項鍊手環什麼的，我小時候看起來並不討人疼，但她總是很樂意把我打扮得漂亮可愛。當我闖禍時，她也常是替我解決問題的救火隊，有一回，第二天要穿制服到校，我的白襯衫口袋被彩色筆染藍一大片，姊姊半夜忙著幫我清洗吹乾，好讓我第二天能順利穿到學校去。從小到大，我總是依靠她、仰望她，而她總是帶著我、幫著我。

記得她腎臟病休學的那年，我小學三年級，她自己不能吃鹽，卻每天替我做便當，現在想來，對同樣是孩子的國二的她，那是多難的事，她自己得忌口，卻每天變換不同菜色給我準備便當和水果，那一年的便當，是我讀書生涯中，最令人懷念的——現做熱騰的飯菜，沒有炊蒸過久的混雜水氣味！姊姊照顧我，但對於管教我，她也沒放任，記得有一回，我忘了清洗她給我裝水果的盒子，過兩天她發現裡面發霉了，狠狠地罵了我一頓，我當時覺得委屈，卻沒有哭，但我記住了，自己用的東西要負責清理乾淨。

姊姊疼我，打從心裡疼起，我的大小事她都放在心裡，我的病痛她也痛在心上：我化療那年，她每回從中壢趕早到榮總陪我一起煎熬，看我有胃口能多吃一些，她比我還高興！這半年多，我做標靶治療，她也總陪著我，我和她說：「打這針沒那麼難受，不用陪，我自己可以！」她還是一派輕鬆地說：「我來玩玩，聊聊天！」我們雖然差了好幾歲，但從小無話不談，小時候我們同睡一張床，夜裡常聊天聊到媽媽大聲制止才肯乖乖睡去。這些年來，我生活、家庭、工作中所有的不如意，只要和她說了，我緊揪的心好像就鬆了……

去年中，有回我獨自在咖啡店吃飯，她打電話來，問我的身體，然後她哽咽地說：「妹，你要好好的，我真的不能失去你……」我無法控制的淚水，連串滑落湯碗中。

我想，在這個世界上，能被人這麼疼著愛著，真的好幸福……

——二〇一四年九月二十二日

騙疼

週六下午我通常會去關渡醫院護理之家看爸爸，今天雖然學校中午有活動，但我仍提前離開趕去看他，因為我和姊姊都發現了一件事——爸似乎會估算我們該去看他的日子。兩週前，我因事忙沒去，上週去看他時，平時愛笑的他不太理我，也不對我笑；姊姊也說，她若回埔里幾天，沒有每天去陪爸一下，回來時爸也不理人了。

今天我去看爸，他笑得好樂，午睡起來精神不錯，坐在床邊輪椅上看電視，我爬上病床坐著陪他，他看得津津有味。廣告時，我故意露出近三個月來被玫瑰糠疹肆虐布滿紅色疹塊的小腿給爸看，想看看他的反應，結果他認真看了一會兒，說：「蚊子咬！」

我笑著回說：「不是蚊子咬啦～」

印傭瓦蒂看到爸開口，樂極了，也趕快試一下：「爺爺，小姊姊的腿怎麼了？」

爸很正經地重複一次：「蚊子咬。」

瓦蒂開心地笑了。她說前陣子發燒後，爸就很少講話，昨天只問了她一次「幾點了？」而今天也只說過一句「謝謝」。當下我心裡好得意，也好滿足，我的騙疼奏效了，爸爸疼女兒，沒道理可講！

童年記憶中，爸常因工作不在家，但射手座的他活潑樂天，帶我完成了許多生命中第一次的「探險」。小時候，燠熱的夏天裡，爸常打赤膊穿短褲，坐在墨綠色人造皮沙發上看電視，我總是爬到他身上，坐在他懷裡，然後拍捏揉搓他白細柔軟的大肚皮，玩他又圓又深的肚臍，爸的肚皮是我心裡笑呵呵彌勒佛的原型。

有一回我在爸懷裡坐著，他正要劃火柴點菸，我說我想要試試劃火柴。於是爸握著我的雙手，左手拿火柴盒，右手舉起火柴棒，帶我感覺劃火柴的力道和角度，幾次之後，他讓我自己試，但我一劃出火花，便嚇得把火柴扔向地板，來來回回好多次後，我終於敢拿住點燃的火柴。直到現在，我劃火柴的手勢，仍是當年爸教的，先將重心置於火柴頂端火藥處，再將火柴棒由外往內擦，這方法和別人的不太一樣，但力道十足，一次便能點燃。

小學快畢業時，有天爸說要教我西餐禮儀，於是帶我到中山北路六段和中正路的十字路口，那兒有間當時士林唯一的西餐廳。我還記得，柔和的燈光下，輕緩的音樂流瀉，白色桌布上，瓷盤兩側整齊排著各式刀叉匙，然後爸一步步告訴我，用什麼餐具吃哪道菜，怎麼撕麵包、吃沙拉、喝湯、切肉、攪拌咖啡和牛奶……後來爸還教給我許多生活中的第一次：在天母游泳池學會漂浮閉氣、去白沙灣游泳感受海水的鹹嗆和浮力、懂得更換燈管和電箱保險絲、知道開車上路得注意轉彎細節……

還有一件爸教我的事，我到現在還在學，那就是寬容。那年爸腦部動脈瘤出血，頭疼欲裂，當時醫院少有電腦斷層設備，爸在陽明醫院就診，醫生只好使用傳統的脊椎穿刺方式抽取脊椎液來測試，以脊椎液中是否帶血來判斷。那天我和姊陪在爸身旁，新手醫生以針穿刺爸的脊椎，但技術生疏，試了三次才抽出，姊和我都非常憤怒，抱怨應找有經驗的醫生來做。但爸卻告訴我們，要給新人學習的機會。聽完後，我們倆靜默無語。人生要學的功課太多了，若沒人點醒，就得多走迂迴路。

人說，女兒是父親上輩子的情人，我卻覺得，爸是我成長過程的啟蒙導師。因為家境並不富裕，爸很少用物質來「疼」我們，他的「疼」是關愛、理解和教導。我想，物質滿足會像無底洞，越填越渴求，關心疼愛卻是聚寶盆，能讓內心豐盈滿溢。

黃昏時，我要離開，瓦蒂推著爸的輪椅，和姊姊一起陪我到門口等接駁車。聊著聊著，姊姊突然說：「有個妹妹真好，可以常談心。」

「哈！」我笑出聲來，我說：「我才要說有個姊姊真好，被人疼真好。」

「等你有空，我們再一塊出去走走。」

「這月底下月初吧，等大家都差不多忙完時……淡水雲門園區，怎樣？」

「好啊！」我倆都眼睛一亮，就像小時候打算溜出去玩。

——二〇一五年十一月七日

幸福便當

媽媽家來了新的印尼傭，名字也叫瓦蒂。新來的瓦蒂沒有在華人地區工作過，只靠兩本簡單的印華食譜，變不出幾樣合媽胃口的菜，於是這兩個禮拜，姊姊多了一項任務——教瓦蒂做菜。

媽媽獨居後，怕媽辛苦忙進忙出，所以除了逢年過節外，我很少到媽家吃飯，但年夜飯是最期待的，因為姊姊掌廚。姊得到爸北方人好手藝的真傳，能由簡單食材變出垂涎好滋味，又從電視節目中私淑傅培梅，她端出的菜餚常是我充滿童年記憶的家的味道。就像今天的菜色，蔥油雞、芹菜炒牛肉、尖椒牛肉絲、韭菜花炒蛋、紅燒白蘿蔔、開陽白菜，都是家常口味，但百吃不厭，暖胃暖心。

最近姊來教瓦蒂做菜時，我便帶著轆轆飢腸和空便當盒到媽媽家來。開飯前，先打包隔天的午餐，我一邊裝飯菜，一邊想起小學三年級那年，姊為我現做的冒熱便當。那時學校還沒開辦營養午餐，學童大多帶便當到學校蒸，但經過長時間的悶炊，再好吃的飯菜都口感軟爛、氣味混雜，讓人沒了食慾，比較幸福的孩子才能吃到家人現做送到學校的飯盒。

當年有一種行業，專替學童送便當，就像印度電影《美味情書》的故事背景，有專人到府收取妻子做好的便當，然後準時送達丈夫上班的公司。當年，姊中午替我做好便當、削好水果，用便當袋裝妥，等送便當阿姨來取，午餐時我再去校門口領回。如今留下深刻記憶的，除了便當的美味可口，還有同學的羨慕眼神，多年後我才漸漸懂得，讓人津津有味的，是嚼在嘴裡的飯菜，也是流進心裡的幸福。

我總猜想，姊姊是我上輩子的母親，直到這輩子還放不下我，繼續用食物餵養我的身與心。前一陣子，我和她說建和談到爸的炸醬麵是一絕，外面吃的都比不上，過沒兩天，她就做好一罐炸醬讓我帶回家，因為我玫瑰糠疹過敏得厲害，她省去了蝦米和香菇，為我熬出純肉末的炸醬，我回家連吃了三天。

她驚訝地說：「別吃了吧，不膩嗎？」

我滿足地說：「不膩，好吃極了，小時候難忘的味道，怎麼會膩？」

這個月中姊姊要住院開刀，她急著要教會瓦蒂做菜，牡羊座的她總是積極面對和解決問題，幫我撐著頭頂上的天，指點我眼前的路，牽著我向前。就像那年，爸在國泰醫院急診室裡等待床位，半夜突然腦部動脈瘤大出血，我們趕到醫院時，爸已陷入昏迷，醫生替爸插管以防嘔吐窒息，然後對我們說：「現在的情形，沒有藥物可用，唯一能做的，就是你們用親情的力量努力把他叫回來……」驚慌失措中，我無法控制淚水，但姊鎮定對我說：「不要哭，不要讓爸難過牽掛！」那個凌晨急診室裡的呼喚聲，至今在我腦海清楚迴盪。

姊的冷靜理性是支持我的力量，治住了我安於現實畏懼改變的習性。前年我病情轉移時，她催促我去尋求第二意見，幫我掛號，帶我看診，一起和醫生討論，然後陪我走過一段又一段療程，直到我能獨當一切。我和翩翩說：我能撐著你們，因為大阿姨撐著我！姊開刀的日子逐漸近逼，我開始有一種莫名的焦慮，呆坐冥想間，內心有種漂浮的無助感，像一片泛黃的落葉在風中游離找不到著陸點。

那天我幽幽地說：「今年你要回埔里休養，吃不到你的年夜飯了……」

她說：「那我快點好起來，回來做給你吃！」

「不要不要，你好好休息，回來我請你去吃牛排！」
「好啊好啊！」
其實我好想像小時候一樣，和她耍賴，和她說：
我什麼都不要，只要你快快好起來！
因為，我會很想很想很想很想你。

——二〇一六年一月三日

手

姊姊回台中開刀，手術時姊夫緊盯手術室外的告示板，隨時傳訊息告訴我們姊的情形。雖然之前早已說好不去看她，但心裡一直放不下。開刀後三天，我傳訊息給姊：

「我告訴你一件事。」

「啥？」

「宋阿妹很想你，她想週三坐高鐵去看你。」小時候姊姊逗我玩，常喜歡小名連姓地這麼叫我。

「別，週三很冷，我大概下週日就可以出院了。」她不想我奔波勞累，但她接著又回：「但是如果看我會讓宋阿妹開心，我同意。」這是她第一次動手術，而且是這麼危險的脊椎手術，我知道其實她也很想我。

我說：「週五才冷，下週宋阿妹要打針，她想打針前開心一下。」

「好的，我也很想宋阿妹。」

手術後第六天，終於看到姊姊，精神很好，恢復得不錯，已能在病房走廊緩慢行走，大家放心許多。

午休時間，她在病床上小睡，我也在旁邊的陪病床上躺著休息。她睡沒多久便醒來，拿手機播音樂聽，我們在〈You Raise Me Up〉和〈卡農〉的音符中，有一搭沒一搭地聊著。

「那天開完刀出來，我覺得好冷好冷。」她說。

「我知道，開刀房溫度很低，我生翩翩時進開刀房，凍得直發抖。」我說。

「我冷得快受不了時，瀚瀚把手伸了過來，這隻手，又大又溫暖，我握著它，把它貼在臉頰上……你知道怎麼了嗎？」在姊輕柔的聲音中，我的臉頰似乎也感覺到外甥文瀚厚實溫暖的手。

「流下眼淚來了，是嗎？」

「哈，不是，沒那麼浪漫，是我就睡著了！」

「真的？」

「嗯，不曉得我睡了多久，醒來張開眼睛時，我竟還握著他的手，他一直靜靜地站在床邊，沒有離開……」

直到離開醫院在回台北的高鐵上，這畫面仍定格在我的腦海裡。掌心的溫暖和最深的依靠。

——二〇一六年一月二十日

別

基隆婆家的年夜飯，很有過年的氣氛，小小的廳裡擠滿三代二十多個人，餐桌上除了年節常見的雞鴨魚肉外，年菜的主角是婆婆費心採買的海鮮火鍋，基隆特有的蝦蟹貝類不可少，還有各式魚漿丸餃，婆婆常坐在一旁看著我們大快朵頤，滿意地介紹桌上的食材，哪些是魚販特地留給她的，哪些是她趁鮮採購回來的……全家便在火鍋的氤氳水氣中歡樂下箸。前年除夕夜，熱鬧氣氛依舊，吃喝玩笑中，三哥和姪兒從閣樓上拿下幾瓶酒，這是公公生前釀的最後一批葡萄酒，在公公去世五年後的團圓夜裡，全家啜飲他老人家留下的醇香，聊著他釀福州米酒的神技。

記得有一年的除夕，公公把試釀的葡萄酒倒給大家嚐，我喝了一口，直說好喝，公公便拿了一瓶讓我帶回家。快十年了，那瓶酒我一直捨不得喝完，如今還留下四分之一，這同樣的團圓景象和濃郁酒香，使我彷彿又看見那天公公要我帶酒回家的慈祥面容。公公是個內向寡言的人，他對子女的疼愛，和許多傳統父母一樣，表現在對兒孫的生活照顧上，記憶中他的身影常出現在：幫出門的孩子仔細打包吃食、坐在地板上幫大家剝中秋柚子，在廚房門口裝柵欄以免小孫子跌落……

婆家的守歲大戲，是賭博解禁，各種遊戲上場，麻將、骰子、撲克牌、四色牌，大人小孩不分長幼一起廝殺，過去公公總和孩子們玩各類賭局，直到他受糖尿病之苦，病情逐漸惡化。最後那兩年的除夕，他有時碎步走到客廳坐著，或靜靜在房間裡躺著，不常回基隆的我，每次回去，都覺得公公變得日漸陌生，雖然我知道這些變化，是在宣告他正緩緩離開我們的事實，但在面對這件事情上，我的心態很鴕鳥，甚至他離開後的早晨，我們趕回去，我仍不願接受這事實，心裡覺得他只是睡沉了。直到那晚入殮，大家圍在棺木旁，見他最後一面，婆婆提醒我：「快和爸說，讓他保佑你身體健康！」這時我才相信天人永隔，他真的走了，哽咽吐出一句：「爸，一路好走啊！」

接下來的設置靈堂和作七法事，我一直有種奇怪的不真實感，在道士的引導下，一次次的誦經舉香跪拜，繞著熊熊火焰燃燒金紙，我的腦裡卻嗡嗡作響孔子對林放說的，「喪，與其易也，寧戚」，我覺得自己像是局外人，抗拒著眼前的儀式，這些讓我無法真正面對這場送別，甚至不知如何釋放內心的哀傷。出殯那天，我們在寒風中跟著道士拜藥懺，請佛誦經，舉香跪拜，然後繞著靈堂跑圈，一趟又一趟，最後道士口中唸唸有詞，高高舉起煮藥的瓦罐，狠狠摔向地面，「砰」的一聲炸裂，象徵亡者來生不再依恃藥物，而我們也深深希望公公的離世，是病苦的解脫。

心頭的離愁別緒，從蓋棺的那刻起，隨著大小儀式，時起時落。在作七法事中，大家行禮覆誦應答，哀戚憂傷，但法事結束後，又平靜如常，做飯的做飯，打掃的打掃，摺蓮花的摺蓮花，上香燒紙的上香燒紙。我覺得有種沉重的心緒，一直被壓抑在底層，直到告別式中，才從建和身上爆發出來。他在家屬叩別的儀式中淚流滿面，哭倒在地，幾乎無法起身，我站在他身後，突然覺得陌生和意外，這是我不曾認識的獅子座的他，在矜持解甲後，么兒對父親長年埋在心裡卻說不出的愛，終究潰堤而出。

當棺木推向焚化爐口，大家齊跪在地，「爸，燒吔，緊走——」，這是最後的道別。走出火葬場，抬頭望向陰沉的天空，深灰色的濃煙正從高聳的煙囪竄出，我彷彿看到公公的魂魄隨煙飄向天際，我疑惑自問：這就是生命的終點？生命的從有到無，就這麼輕如煙雲？

虛如魂魄者隨風而逝，留下的骸骨是「曾經擁有」的證明。我們依號領取公公的骨灰，那是散放在方型大拖盤裡灰白的骨，我們遞上刻有公公名字的罈子，工作人員將公公的頭骨置中放穩，然後囑咐親屬，依輩份高低，每人以不鏽鋼筷夾一塊枝骨入罈，我的手微微顫抖，想像自己攙扶著公公，送他進入新的安眠所。最後，工作人員拿起不鏽鋼的大型輾壓杖，將拖盤裡剩餘的骨片輾壓成灰，我的心在骨片碎裂聲中驚恐抽搐，這就是生命的最終聲響嗎？這時我彷彿又聽見，骨灰送出時三嫂在我耳邊低聲說的：「人生到最後就是這樣，有什麼好計較的呢？」

結婚二十多年，記憶中基隆婆家的除夕夜，常是東北季風伴隨著滂沱大雨，屋外濕冷幾乎凍結的空氣，由門窗細縫偷偷滲入，但擠滿人的小屋裡，依舊哄笑打鬧玩樂，直到凌晨十二點，對面西八號碼頭軍港的鞭炮和煙火開始施放，媳婦們趕緊把幼小的孩童抱在懷裡，歡歡喜喜迎接新春。這幾年的除夕，基隆的雨下得少了，軍港的鞭炮和煙火放得短了，孩子們也都大了，不需再摟在懷裡哄了，我也常留在台北陪獨居的母親吃年夜飯，那些年基隆婆家年夜飯的景象，似隨著公公的離去，和我們的老去、孩子的離家，逐漸褪成淡黃色的光暈，輕輕地鑲在歲月的角落。

——二〇一五年二月七日

卻顧所來徑

建和腦溢血開刀十年了。

晚上翩翩坐在書桌前，翻閱十年前我寫的加護病房手記，她邊看邊拭淚，說很多事她都不記得了。二〇一〇年五月十一日凌晨，建和突然劇烈頭痛，送到醫院後不醒人事，緊急開刀送入加護病房，當時我把每天想對他說的話寫下來，希望有機會告訴他，也希望等他好了以後，當我不耐煩或疲累時，能重新提醒自己這一路是怎麼走過來的，所有的幸福都得來不易。

第一天：五月十一日星期二

清晨四點二十分，你叫醒我直喊頭疼，我問你要不要叫救護車，你說好。在救護車上你開始嘔吐，我心裡就覺得可能是腦的問題。你到榮總急診室時，剛開始還能自己說明經過，但幾分鐘後便無法表達，我摸著你的頭髮，臉貼著你的額，叫你要勇敢加油，我想，你聽見了。

你怕打針，護理師替你打點滴，你還痛得叫出聲，接著插鼻胃管，照X光，做電腦斷層，確診右側腦出血，醫生也對我說明你可能產生的後遺症，包括左側行動不便、左眼偏盲、記憶區受損、空間感和邏輯也會受到影響等。五點十分推入開刀房，歷經六小時，十二點二十五分轉入恢復室。

在恢復室裡，我進去看你，叫了你一聲，你好激動，胃液逆流而出，護理師連忙要我別出聲，怕腦內再次出血。你的同事好友張立陪我去見主治醫師，劉康渡醫師簡單陳述了你的病情，並沒有告訴我你會不會醒來。直到晚間，在你報社同事的幫忙下，終於有了神經重症加護病房的床位，讓你安頓下來。這是令人驚恐的一天，但我似乎沒有時間害怕，只能硬著頭皮迎上去。

第二天：五月十二日星期三

早上家屬探病時間，我去看你，護士說你已有細微動作，但左手較為僵硬，左腳冰冷。我替你按摩左腳，以往我很少摸你的腳，這回我一點也不嫌棄。晚上護理師轉達，醫生說你一定會醒，我好高興，但因在使用鎮定劑，昏迷指數仍只有七到八。你已能舉右手，並用右腳不停摩擦左腳，應是很麻吧！你因看護墊的角弄得不平整而不舒服，右手不停地抓，左手指夾著的儀器夾子也被你弄掉了。看到你不舒服地動來動去，我卻好開心，因為你的手腳都能些微活動了。

第三天：五月十三日星期四

今天翩翩正常上學了，只是功課無法完全寫完，但珠心算的老師說她的檢定都過關了，這是一件小小愉快的事。同事鄭穎老師幫我代了三天的課，讓我能好好處理事情，真是非常感謝。

晚上正好碰到劉醫師來巡房，他告訴我你開刀時輸了四單位的血，還說你昨天手腳有動，所有數值都在正常範圍，年輕就是本錢，也許明天減少鎮定劑，讓你醒來。你冰冷的左腳底，綁上二姊送來的祈福繩，竟熱了起來，真是太神奇了。

翩翩來看你，你很高興，些微地睜眼看了她。雖然戴著呼吸器，不能言語，但你已能用手指比出一或二回答我的問題，雖非百分之百正確，但可知你已有意識且聽得懂我的話。我問你是不是很痛，痛就舉手，你猛地抬了右手約十公分。我逗你，說好好休養，我不會趁你不在時偷賣你的相機，你竟激動得腦壓升到二十三、二十四（正常在二十以下），可見你有多愛攝影。

我和翩翩要離開時，我對你說，要和我說再見就指「二」，你不指，我說不行，探病時間到，我得走了，明天再來看你，和我說拜拜，你這才用右手指「二」。今天你真是太棒了，能和我對話了。

第四天：五月十四日星期五

你媽今早自己從基隆坐車來看你，她拍你的手，問你知道不知道，你痛得抽回左手。我問你知不知道你媽來，知道就舉手，你立刻舉起左手至腹胸之間。看到你無力睜開眼睛，眼角泛著淚，我心裡好難過，你一定覺得很無力，很不捨，你要加油，我們都愛你。你媽和你姊都說你想太多，而我總沒察覺，我以為家裡我撐著，你就可以很輕鬆，這些年來我竟沒發現你心中的壓力。

下午翩翩陪我到學校拿教材，因為碩專班明天要開課。她在路上問我：「媽媽，你的升等論文怎麼辦？」我對她說：「沒關係，只要爸爸好起來就好了！」

翩翩很乖，我們好幸福有這樣一個女兒！

你用力掙扎流汗起了濕疹，左手伸向氧氣管，力氣很大，綁著約束帶的手都淤青了，或許這是生命力的表現，你在抗議你的不舒服。你轉動眼球看翩翩，我知道你看到了，很高興這又是新的進步。

第五天：五月十五日星期六

今天碩士專班開課，我每年都把課排在暑假的週六下午，今年也一樣，開學在即，已經沒法找同事代課了，只好自己來。

早上大姊和我一起去看你，你睡得很沉，我們替你揉肚子和按摩腿。今天是你爸的生日，媽給爸上香，擲筊問他有沒有去看你，爸回了一個聖筊。下午你終於排便了，然後又沉沉睡去，大概是累壞了！晚上張立來看你，談到向報社申請補助的手續有些困難，未來的日子要怎麼走，我沒時間想，也不太敢想，只能面對和解決，而眼前，我只期盼你好起來。

和你獨處時，我告訴你好想你，你流下淚來，我知道你聽見了。護理師要我帶個小電扇給你，因為你皮膚上長了一些疹子，我便把家裡的小豬電扇送去，這是當年燦坤的贈品，這電扇我一直覺得可愛但風太小，不好用，沒想到就這小小的風才適合現在的你。

第六天：五月十六日星期日

今早，去年碩專班的學生來看我，其中我指導的研究生雪玲還送來平安符，她替我去問了媽祖，媽祖說這只是你的一個關卡，會沒事的，讓我放心許多。

二姊來看你，你的左手已經可以伸到頭的位置。二姊說，她在冥想中，看到一位女性一直站在你的床頭，大家說那好像是守護神，而二姊說那守護神好像是我。我無語，如果我真有能力，我願能一直好好守護你，你要加油！

下午護理師來電話，說劉醫生晚上七點要和我談，因為你腦內有腦髓液積水，可能要在身體裡放引流的管子，我內心忐忑不安，但我相信你會和媽祖說的一樣，會沒事的。

晚上帶翩翩去看你，沒有別的訪客，只有我們三個，這是我們的family time。才一個下午的時間，你左手已經可以摸到頭，真是太棒了。劉醫生決定暫時不急著裝管子，讓你再試幾天看看，希望你能自己吸收腦髓液。

回家的路上，翩翩問我：「爸爸可以再和我一起走芝山公園步道玩數數嗎？」我說：「應該可以吧！」多年後，我才知道那是翩翩在剛學數數不久時，你們父女的約定，孩子一直放在心上。

第七天：五月十七日星期一

今天我開始回校上課，只有晚上才能來看你，兩位媽媽和大姊早上都來看你，還替你按摩，你媽今天哭得好傷心，因為你是她最疼的么兒。你看，大家多愛你，你一定要快快好起來。

晚上去看你，只有我們兩人。

我問你：「想不想我？」你竟能點點頭了。

我又問你：「要不要替你揉肚子？」你搖頭。我好高興，你的反應進步好多。

但我問你：「你知道自己發生什麼事了嗎？」你靜默沒有反應，不知是在思考，還是茫然。

今天你頗平靜，不太躁動。皮膚科醫生來看過你身上的疹斑，說是藥物過敏，所以換藥了。今天開始打營養針，希望能把你身體補起。

第八天：五月十八日星期二

醫生說，明天要再做一次腦部斷層，看是否能拔除開刀時留在頭部的引流管。你的消化仍不好，我去買了益生菌，希望能有些幫助。

你今天的精神不錯，我對你說了許多話，你都可以適時地點頭，約三分之二有反應，好極了。你的眼睛可以聚焦看我了，但你一直眨眼望著天花板，好像在試你的眼睛，我有些擔心你的左眼。我告訴你昨天我做了一件大事，你睜大眼睛，用疑惑的表情問我是什麼，我說我去加油和洗車了，這些原來你都幫我做好的事情，我現在都得學著自己來。

二姊和我談了許多她靈修看到的自己的前世今生，她還說到，我和你一切都很順利，也許我倆的人生課題就是「疾病」。晚上，翩翩走到我的書桌旁，也若有所思地對我說：「媽媽，大家都說我什麼都好，功課好，又聰明又乖，但我想我的人生難題就是你和爸爸的身體了。」我聽完好心酸，知道這是她心裡最深的恐懼，為了才十歲的她，我們都要好好加油！

第九天：五月十九日星期三

中午你已去除腦部的引流管，晚上去看你時，連呼吸器也拔了，只是說話只有氣音，但對答的意識清楚。翩翩告訴你，她明天要參加歌謠比賽，你還問了是什麼比賽，要她好好加油。你看來很累很憂鬱，我告訴你，你開了腦，你的表情很驚訝。我想，你的憂鬱大概來自對未來的茫然，面對新的自己，是需要一些調適的，我和翩翩為你加油，如果你看到八天前的自己，一定也會為現在的自己喝采。

報社同事幫你找到加護病房病床的隔兩日，A3版就做了大醫院沒病床的專題，還有很多同事都來看你，可見大家都很在乎你。營養師要我去買酵母粉，因為你的營養不均衡，數值又低，真讓人擔心。

第十天：五月二十日星期四

我今天沒課，可以去看你兩次。早上去看你，護理師說你一夜沒睡，所以今早睡得很沉，清醒的時間不多，也許這兩天就要轉到普通病房了。中午吃完飯，在中正樓大廳碰到劉醫生，他說你出血面積很大，視覺、行動、語言等或多或少會受到影響，復健可以幫助你恢復，但到什麼程度就因人而異了。

我得開始思考下一步，到一般病房後請看護的事。你這樣夜裡醒著的時候多，我是不是該請兩班制的看護呢？怎樣照顧你會最理想呢？一堆問題，千頭萬緒。復健的路想必辛苦，我們一家人一起努力，翩翩好乖惹人心疼，你也要爭口氣，不要放棄。

下午送翩翩去上珠心算，然後到榮總幫你問看護的事，還買了一盆黃色的蘭花送去給劉醫生，附上卡片和翩翩的畫表示心意，謝謝他讓我們家能圓滿。中間的空檔，我轉到三玉宮去拜拜，我跪在觀音菩薩前，求祂保祐你，但我不敢擲筊，不想知道未來，只想一步步地做好，一步步地走下去。

護理師說，下午問你這是哪裡？你回答「上海」。沒想到你這麼想去看世界博覽會，原以為是因為我在寫升等論文，以致我們無法成行，誰知道……世事難料。晚上，張立和同事來看你，你和他們打招呼說謝謝。但我發現你越清醒，卻越憂鬱，心事重重，我看了很難過，我們都得面對人生的關卡，不是嗎？

回到家後，嚴紀華老師打電話來關心我們，她和翩翩談了許久，說她很乖，還允諾要送她一個大娃娃，很感謝這些同事朋友，在我無助時伸出援手並陪伴鼓勵我。雪玲也傳簡訊來，建議我放音樂給你聽，可是你平時不太聽音樂的，那怎麼辦？

第十一天：五月二十一日星期五

今早去看你，護理師讓我簽了再打三天營養針的帳單，雖然不便宜，但只要你能健康起來，我不在乎這些錢。營養師也弄不清為什麼你吸收那麼差，今天已抽血驗肝脾等功能，晚上要看結果。護理師還說你可能有吞嚥的問題，這會變成惡性循環，不能吞嚥只能用鼻胃管，營養吸收不好，身體就會更弱。

早上你一直在睡，不睡時躲著不想見人，你真的很憂鬱。你睡著時，我在你耳邊和你說：「要面對，要接受，要樂觀。你能活著，是上天給的最好的禮物。感謝劉醫師為你手術六小時，讓翩翩還有爸爸，不要放棄自己，我們一起努力，等你好起來，你還要帶翩翩去玩呢！」

明天你就要轉普通病房了，但你的肝和消化酶指數都偏高，所以停了一些抗生素藥物，但腸胃狀況仍不佳。晚上帶翩翩去看你，你很累，沒有怎麼搭理我們，我叫翩翩和你說話，可是你一直睡著，她偷偷流淚，我看見了。

這兩天你左側的活動力還好，反倒是右側不太動了。護理師說，你下午已能說出你在「榮總」，也許是我早上陳述過你開刀的情形，你記住了，你的記憶也許沒有問題？

離開病房後，帶翩翩去雙聖吃飯，她好久沒有好好吃頓她想吃的了，看她吃得快樂，我也覺得很快樂。

第十二天：五月二十二日星期六

今天你要轉到普通病房，一七一病房十九床。看護晚上七點會來，是張小姐。我十一點時還是去加護病房看你，大姊一直陪我，等著送你到病房去。我替你送了三盒蛋糕和卡片去加護病房，謝謝護理師們的悉心照顧。

早上你的精神好極了，眼睛睜得好大，有神多了。我發現你的小肌肉配合得不錯，你用左手小指去摳左鼻孔，而且摳出了鼻屎，這有些好笑，平時這是多麼簡單的動作，我現在卻覺得你好棒！劉醫師來看你，覺得一切都很好，我問了他關於你的沮喪，他笑說，身體好起來，情緒就會好些。

下午到了病房，二姊又問你：「我是誰？」你面露極度不耐煩地說：「我的姊姊。」你這樣的情緒竟讓我們樂到不行。因為之前使用呼吸器，你的痰非常多，翩翩幫你擦完痰，遞給你衛生紙要你學著自己擦，二姊開玩笑說，翩翩不孝順，要你打她，結果你真的舉起手拍了她的臉，我們都笑了。

看護張小姐來了，她是河南人，感覺很不錯，我便沒有多想，不考慮兩班制，把她改為全日班了，希望她能好好照顧你，讓我放心。回到家裡，我真是累壞了，今天在醫院待了十小時。

第十三天：五月二十三日星期日

早上九點我去陪爸，因為印傭陪媽去榮總做電腦斷層，順便去看你。爸臥床已很長一段時間了，我坐在床邊和他說，你病倒了，他傷心落淚，我好不捨，他一直很疼你，他一再提醒我要好好照顧翩翩，他說翩翩是個有責任感又聰明的孩子，不要讓她覺得孤單。好久沒和爸說這麼多話了，我的情緒很激動，尤其在這時候。

前兩天，翩翩問我，什麼時候才能吃到我做的飯？這一陣子，每天往醫院跑，生活都亂了，所以中午簡單做了荷包蛋、咖哩飯和地瓜葉給她吃，滿足她一下。

下午去看你，順便讓張小姐抽空回家拿換洗衣物。張小姐說，你早上練習坐輪椅兩小時，很累，但你很乖地配合，後來醫生來看你，要你用力握他的手，你頗有力，要你說話，你也說了自己的名字，醫生覺得你很不錯，一切都進步得很快。但你每天身體微燒真惱人，護理師說，你的胰臟有些發炎，我想，能找到病因最重要。

第十四天：五月二十四日星期一

今早你坐了兩小時的輪椅，累壞了，但張小姐說你昨晚睡得不錯，下午又坐了一個小時。下課後去看你，你和我打個招呼就沉沉睡去，大概真的太累了，但我想多睡對你的身體應很有幫助吧！

醫生說，你的胰臟發炎，但這只能靠自己修復，沒有藥可用！你仍在禁食中，無法灌食，全靠營養針，真怕你的體力不足。

第十五天：五月二十五日星期二

今天下課後去看你，張小姐說，你做了語言測試和物理復健測試，治療師認為你的語言問題應還好，導尿管也拔了，部分口水可以吞嚥，一切都在進步中。我去時，你坐在椅子上，看到我，你笑了，我抱了抱你，能抱抱你，真好！

我要離開時，你對我說：「留下來，照顧我。」我聽了很捨不得，但我和你說：「翩翩還在我媽家，我得去接她。」你不說話了，我知道你覺得很無助，但你能說長句子了，我很高興。

治療室裡很冷，你流鼻涕了，我趕去百貨公司幫你買了帽子，希望你舒服些。

第十六天：五月二十六日星期三

晚上帶翩翩去看你，你一直對她笑，她很開心，和你說了好多話，還拿了三張美術方面的獎狀給你看！一家三口在一起，真好，這幸福看似很簡單，其實很不容易，真要好好珍惜。

張小姐說，張立下午來看你，問同事來看你好不好？你說好。晚上我又問了你一次，你很肯定說好。今天你的話不多，也許是累了，但你的笑容讓我寬心許多。離開醫院時已快九點，帶翩翩去吉野家吃晚餐，她食量不錯，大概真的餓了。

第十七天：五月二十七日星期四

中午去看你，你對我說了比較長的句子：「你說張立四點要來看我嗎？」真是棒極了！你大概躺累了，突然要從床上坐起來，嚇了我們一大跳，張小姐扶你到輪椅上，坐了一個多小時，還一邊替你按摩腳底。下午我去接翩翩，聽說張立帶了十五位同事來看你，你一一認人打招呼，心情愉快，我可以想像那熱鬧的場面。

翩翩明天英文課要大考，但她很想陪你去復健，給你加油，所以她拚命地複習完所有課程，黃昏時陪你做復健，當個小小復健師，一直給你打氣，讓你一步步向前邁進。

後記

建和腦部手術後，繞過死亡，慢慢甦醒過來，彷彿是一場重生，重新學習什麼是「生」和怎麼去「生」。從手腳活動、睜眼看人、開口說話，到學坐輪椅、下床站立、舉腳走路，對他而言，每個過程都很辛苦，對身旁的我們而言，每個進步都是驚喜。

離開加護病房後，他在醫院住了三個月，練習多種的復健，包括肢體、認知、記憶等，也嘗試了針灸、水療和高壓氧。但腦傷病人的復健，是個漫長複雜的歷程，生活上的點點滴滴，都不容易，左側手腳無力，上下樓梯吃力不穩，左眼十五度角偏盲，常會碰撞東西，記憶斷線健忘，方向感混亂⋯⋯。出院後，我們每週四仍回到榮總進行心理社會的復健，持續了一年，直到他再次腦部微量出血。再次出血後，劉醫師給他做了血管攝影，終於找到病因──腦部血管畸形，動靜脈血管間無微血管而直接相連，最後申請了健保給付的加馬刀手術，才解決了問題。

在身體的創傷之外，更難修復的是心理的挫折和失去自信，建和必須面對新的自己，以前簡單容易的事，都變成挑戰，要全神貫注，要小心謹慎，甚至求助於人。我和翩翩也學著面對不一樣的丈夫和爸爸，照顧他成為我們生活的重心，小學三年級的翩翩已學會中午下課時，去超商買她和爸爸的午餐，而我甚至忽略了翩翩還小，所有的安排都以建和為優先，翩翩被迫快速長大，童年時依賴爸媽的權力也跟著消失。

十年來，一路風風雨雨，建和在生活中摸索前進，翩翩也在學習中獨立成長。回首過去，感恩一切美好的事物，讓我們一家人手牽著手，一步步走了過來；望向未來，誰也不知老天的安排是什麼，但我相信，明天的太陽依舊耀眼，我們也會齊心加油，努力向前。

——二〇二〇年六月十六日

刺蝟的愛情

二〇一三年暑假，我在武漢曇華林老街上，買到一個可以放在手上把玩的瓷偶，我叫它「刺蝟的愛情」。這間小小的個性商店只販售少數幾種商品，我獨獨看上了它，愛不釋手，漂洋過海把它帶回來。這瓷偶精巧可愛，表達了創作者對愛情的想像：兩隻刺蝟緊緊依偎在樹葉下，他左手撐著樹葉為彼此遮風擋雨，將帶來的莓果放在跟前，右手拿起一個殷勤獻上，她湊過臉來似乎在聽他說些什麼。

我想，兩隻刺蝟的愛情，除了以禮物示愛外，最難的應是如何收起自己的刺，讓彼此能夠好好相伴。來自不同成長環境的伴侶，若要走得長遠，都需要時間磨合，學習怎麼去懂、怎麼去愛。而愛，其實不需陳義過高，有時只是生活中小小的體諒和付出。

那天，我坐在房間裡，你進來拿吹風機吹乾頭髮，看著你瘦了許多的身影，想起你剛動完腦部手術，在恢復室裡，我進去看到插著許多管子的你，忍不住輕聲喚你的名，沒想到昏迷中的你，竟激動到上半身彈動，鼻胃管逆流，護理師連忙制止，要我別出聲，免得刺激你，之後在加護病房的頭一週裡，你似乎也只認得我和女兒。想到你一路復健的種種辛苦，我問你：「你這麼辛苦活下來，是為了我和女兒，是嗎？」你點點頭，停頓一會兒說：「其實是為你，因為女兒有你就夠了。我捨不得你一個人撐著……」

記得你剛出院時，方向感、平衡感和記憶力都很差，但回家第一天，你便開始不停擦地，之後的一段時間裡，你有時甚至一天多次重複擦拭同一處。剛開始我會不耐煩地提醒你，「這裡擦過了」，但後來我懂了，我想，大概也只有我能懂這是為什麼。因為你知道我最討厭的家事是擦地，結婚二十多年，我擦地不到十次，以前你總會在上夜班前把地擦完才走。還記得你住院的那三個月，家裡地板蒙上一層灰，甚至可以走出腳印，女兒笑說，她從沒看過家裡地板這麼髒過，因為我無法像你跪著用抹布擦地，於是我去買了拖地的工具，女兒也動手幫我，自告奮勇清潔書房和客廳的地板。

我們是很不一樣的兩個人，尤其在做事的方法上：我習慣了計畫和條理，你總是隨性和自由；我的工作行程得仔細寫在行事曆上，你的班表事務卻能輕鬆安排在腦子裡；我沒有空間概念，只能死記路名和標的物，你只憑東南西北，就能精準找到目的地。結婚之初，我們常不適應彼此做家事的方法，你覺得我的方法笨拙，我覺得你做得不徹底，但在多年的一次次磨合中，我們慢慢學會如何相依取暖，儘可能不讓自己的刺傷到對方。

記得有天在女性小說的課程中，談到丁玲早期作品〈莎菲女士的日記〉，學生討論到愛和喜歡的差別，大家的結論是：愛是懂得為對方著想，甚至甘願委屈自己而為對方付出。的確，愛的實踐遠比愛的言語來得真切。又有一天，在分析袁瓊瓊的極短篇〈今生今世〉後，學生好奇追問老師和師丈的愛情故事，這樣的話題總是學生的最愛！那天下課時，淨伃來問我：「老師，師丈沒有求婚，你會不會遺憾？」我當時沒有回答，但其實我想說：一個人能默默替我做二十年我不喜歡做的事，還有什麼好遺憾的呢？

——二〇一四年九月四日

花果山

聽到門鎖轉動的聲音，建和散步回來了，他提著兩個家樂福提袋的吃力身影出現在門口，然後把袋子放在地板上，我看著那兩袋「戰利品」，壓制即將爆發的火山說：「你又買了什麼？家裡還有很多水果啊！」

「今天好不容易有『金蕉伯』的香蕉，橘子很漂亮，我只買了四個，蘋果也很新鮮，可以放著不會壞，葡萄特價，買一送一，還有，你最喜歡吃的石榴……」他一邊脫鞋，一邊笑嘻嘻地如數家珍。

我把不用冷藏的水果放進餐檯上的水果籃裡，然後打開冰箱，在有限的空間中，把這些新貨塞入，看著裝滿各種水果的冷藏室，生氣地對他說：「你以為你是美猴王，我們住在花果山？冰箱裡全是水果，吃水果就可以飽嗎？不用吃飯嗎？」他走進房間換衣服，低聲地留下一句：「我想你早上打精力湯要用很多水果……」

香港導演黃真真的電影《被偷走的那五年》，敘述女主角何蔓因車禍受傷，在最後的人生歲月中，腦部逐漸退化而失憶失能的故事。其中許多情節，活生生再現那段我陪建和復健的日子。建和出院後，長達一年的時間，我們每週四下午都去榮總進行心理社會復健的課程，電影中，何蔓的前夫謝宇陪她去醫院做的智力測試，我們也做過多次，從時間、地點的認知，到數學的加減、語詞的理解、邏輯的建構等，其中記憶力的測試，總是最令人沮喪的部分，通常治療師會先說出三個不相關的詞，如樹葉、公車、橘色，過一陣子再請測試者回憶說出來，而這部分，建和和何蔓一樣，總停在問題上，腦子一片空白，直到一年課程結束，這題他仍無法正確回答。另外治療師要求的回家功課，還包括每天生活的紀錄，以及讓他晚間回想當天三餐的內容，睡前我們會躺在床上練習，但常常我問得煩躁，他想得辛苦。

電影中還有個情節，令我印象深刻。何蔓打算請朋友到家中聚會，她之前便不時提醒謝宇要買蛋糕，當天謝宇打開冰箱，發現竟有四個大蛋糕，他說：「我們才十幾個人，四個蛋糕太多了吧！」這情節快速帶過，很多觀眾也許不太注意，但它卻真真實實地在我們生活中上演。前陣子頂新事件鬧得沸沸揚揚，消費者抵制林鳳營鮮乳，各地鮮乳缺貨，於是建和連著三天都如獲至寶地搶買兩公升的鮮乳回家。我試著思考這事發生的原因，猜想是因為影響生活的危機感，強化了他的記憶，讓他念念不忘，努力想去解決問題，但問題解決後，記憶卻無法同步更新，他仍一直擔心鮮乳缺貨的事。

人的記憶很奇妙，許多文學和電影都探討過時間與記憶的主題，欣賞這些文藝作品時，做為讀者的我們，總伴隨著嘆息和驚訝，但當這些情節成為生活片段，身處其中的我們，感受到的是一種椎心之痛。記得建和在榮總住院時，有位三十歲左右的男病患，他母親每天陪他去復健中心治療，有次我看到他母親躲在柱子後，測試他找不到人的反應，後來他母親無奈地提到，兒子病後就只記得母親，不認得妻子，於是妻子離開了他。也像我們常聽到的老人失智故事，老人不認得女兒，問她：「小姑娘，你叫什麼名字？」這些傷心的故事，問題都出在記憶。記憶是彼此共同經驗的累積，雙方情感便建築在這些共同記憶上，如果有一天，這些記憶消失，就如同銷毀了共同生活的檔案，從彼此的人生撤離。如果老人失智是親人的逐漸離開，那麼腦傷失憶則是瞬間消失，讓一切歸零，摯愛成陌路，情何以堪。

在建和的記憶中，他遺落了許多生病前後的短期記憶，但他最在意的都一直牢牢附著，未曾忘卻，正如他不曾忘記我、翩翩和攝影。他生病前的經歷、我們過往的生活，甚至大學時的點滴，都完整清晰地收納在他腦裡，但病後歲月的記憶，卻如同破碎零散又隨意堆放的檔案，有時找得到，有時不見蹤影，有時又錯置拼接，他生活中的挑戰，以及伴隨而來的挫折沮喪，並非一般人能想像，而面對他生活中的細瑣雜事，也不斷地考驗我的耐性，我總在再三提醒之後，無法控制自己越來越差的態度和語氣。

那晚，我們陪翩翩吃宵夜，我笑罵他這個獅子座男人的壞毛病，他側過臉來看我，淡淡一笑，說：「這輩子你怎麼罵我都好！」我愣了一下，說不出話來，伸手理一理他有點零亂的鬢髮。然後我拿刀淺淺劃開一個大紅石榴，和翩翩一起分著吃，我知道建和嫌麻煩，但仍問他要不要也吃點，他說：「你們喜歡吃，你們多吃點。」然後他打開話匣子，對翩翩重複那說過很多次的故事：「你媽大學的時候，我剛認識她，她就很愛吃石榴了……」翩翩習慣地回一句：「你說過很多遍了啦！」我聽著他倆的對話，笑了，一閃神，手裡紅寶石般的石榴果粒，三三兩兩滾落桌面……

——二〇一四年十二月十一日

餐桌即景

假日我總是賴床起得晚，而翩翩下午有理化課，所以中午隨便弄兩個小菜，煮好稀飯，烤熱昨天買回來的蟹殼黃，就湊合一頓午餐了。因為我吃過藥得等兩小時才能進食，於是在旁閒聊，陪他們父女倆吃飯。

我突然想起昨晚的夢：「翩翩，我昨晚做了一個好笑的夢！你猜我夢到誰？」

「誰？」

「你的國小導師羅老師。」

「真的？」

「嗯，我在一個禮堂中開會，她在我旁邊坐下，然後問我：『你的頭髮怎麼變黑了？』我就和她說：『因為我吃黑芝麻和黑豆！』」

「哈哈，怎麼那麼好笑?!」

接著我把頭湊向翩翩，說：「可是喔……翩，你看，我左邊額頭上是不是多了好幾根白頭髮？」

「沒有啦！那是反光。」翩翩總是很會安慰我。

坐在對面的建和嘴裡吃著東西，忍不住看著我閉嘴笑不停，然後他抓抓自己的頭髮。我知道他是想說，他從大學開始就有白髮，如今黑白交雜，而我那幾根算什麼，不用在意。

翩翩看到建和的動作，就說：「欸，有什麼好笑？」

然後便狠狠地為我出了一口氣：「你，你白頭搔更短啦！」

我們三人同時大笑，餐桌上響起一聲迸雷！

——二〇一六年三月十九日

輯三

生命的落點

這是一個生命成長的故事，也是一個帶來幸福和圓滿的故事

在等待豐收和團圓的仲秋
歷經三十多小時的努力掙扎
她以一聲響亮的哭泣
宣告　翩然來到

曾經是超音波螢幕上閃爍跳動如星子的光點
曾經是胎心音擴音器中怦怦急敲如鼓的心跳

曾經是超音波螢幕裡圓圓的顱骨、長長的脊線
也曾是舞動手腳輕拍媽媽肚子、回應爸爸溫熱手掌的小生命

就在
色彩絢麗的時節
祝福洋溢的日子
生命的落點　不偏不倚
偏偏就是翩翩

——二〇〇二年二月五日

母女角力

翩翩出生後，從醫院回家的那天下午，家裡只有我們倆，她裹著襁褓躺在小床裡，睡得安穩，我在旁邊的大床上休息，突然一陣天搖地動，我顧不得開刀傷口的疼痛，從床上跳起來，衝去小床把她緊抱懷裡，窩在牆邊床角躲地震。我很意外自己突如其來的反應，事後想想，這大概就是母親的天性，但我至今仍清楚記得，當時我對這自己懷胎九月的嬰兒，其實有種奇怪的陌生感。我無法解釋這直覺反應和陌生感之間的矛盾，曾問姊姊：「你覺得親子間的情感，是天生的還是後天培養的？」她給我的答案是，後天培養的。

在之後當母親的十多年間，我慢慢驗證了這個道理，母女的關係是一次次衝突妥協的磨合過程，就像翩翩小時候，我們倆常玩的一種角力遊戲。這遊戲的靈感來自日本的相撲，兩人面對彎膝赤足站在地板上，先有個儀式，抬左腳、抬右腳、雙腳齊跳，然後兩人以身體相互推頂，力氣不足節節後退者為輸，對抗過程中，巧勁往往比蠻力有用。我和她之間的角力賽，從她尚未滿月便開始了。

就是要抱抱

第一次對陣，我便發現她是不能輕忽的對手。翩翩出生六週後，我必須回校上課，只好把她送到基隆請婆婆照顧，婆婆帶過二十多個小孩，經驗豐富。翩翩快滿月時，婆婆叮嚀我，不可以一哭就抱，不然之後很難帶，我謹記婆婆的交代。有天黃昏，我在整理東西，翩翩躺在大床上嚶嚶地哭，我試著讓她哭久一點，看能否哭累睡著，所以經過床邊，也沒有理睬她，她繼續哭著，但越來越傷心，聲音越來越大，我在她的哭聲中掙扎，游移在不忍心和狠下心之間。過了好幾分鐘，她的小臉開始漲紅，我躲到房間角落，不讓她看到我，但這孩子脾氣很拗，她的哭聲讓我坐立不安，發熱冒汗，越來越煩躁，最後我無法任她再哭下去，只好抱起她，坐到床邊，當我一坐下，她便停止哭泣，吐了一大口奶，然後沉沉睡去。

我抱著累壞熟睡的她，疲憊沮喪喃喃地說：「你的個性怎麼這麼強啊？這樣以後會很辛苦……」這是我發現她的第一個性格特點——不服輸，但也預想到在她往後人生中，學習面對挫折失敗，將是重要的功課。我們之間的第一回合角力，我太輕敵，輸得潰不成軍，沒想到小嬰兒竟有這麼強的堅持力，寧可哭到吐，也不妥協，而這是我了解她的開始。

我要回家！

翩翩不滿三歲，便搬回台北和我們住，比我原先的計畫早了許多。翩翩住在基隆時，建和每天打電話和她說話，讓她聽聽我們的聲音。她兩歲時，已越來越清楚自己的生活規律，平日住阿嬤家，週五下午回台北，週日下午再回基隆，但也越來越不耐留在基隆的日子，每每在回基隆的路上鬧脾氣。有一次，她要我們一路唱著〈青春舞曲〉不能停；還有一次，路經百貨公司吵著要買玩具才肯離開……讓我決心接她回家，幫她找幼稚園，是因為她的無聲抗議。

那段日子裡，翩翩從台北回基隆的頭幾天，建和打電話給她，她開頭的第一句常是：「我要回家！」我們向她解釋，爸爸媽媽要上班，她不能一個人在家……但她不聽也不回應，直接把電話交給阿嬤，然後走開。這種無言的抗議，讓我感受到她內心的絕望，我知道當她了解「我們家」和「阿嬤家」的差別，便已有了「歸屬感」的需求，我不願這種「被遺棄」的無助和無力，在她心上留下陰影（雖然之後我發現這陰影已或多或少地存留了），而當她回到我身邊，我們之間的角力開始短兵相接。

你不愛我了

建和是夜間工作者，所以我和翩翩的晚間生活有我們自己的模式，通常在吃晚飯、做家事、洗澡、睡覺之外，所有零散空檔都塞滿了遊戲，因為對小班的孩子而言，遊戲是無所不在且沒有止盡的。每天洗完澡到睡前的這段空檔，從穿衣服開始，遊戲便已展開，有時她的要求是玩一個遊戲，穿一件衣服，常常是角色扮演和生活模擬的活動，有時衣服還沒穿完，她便跑到客廳，和我玩起抓小孩的遊戲。但這種情形常會失控，因為玩得太瘋，無法收拾情緒乖乖睡覺。

有回該睡覺了，她還沒玩夠，建議到客廳「續攤」，被我拒絕，她很生氣，決定不理我，一個人到客廳去玩。當她離開臥房，我開始猶豫，到底該不該跟出去，怕客廳太黑她會怕，也怕睡衣太薄她受涼，「去」或「不去」在心裡百轉千迴，但我告訴自己，這次若妥協，以後便很難訂「規矩」了，於是我盯著時鐘，忍著心裡的不安，豎起耳朵聽客廳的聲響，大約僵持十分鐘後，她終於推門進來，一臉憂傷伸出雙臂要抱抱，說：「媽媽，你不愛我了？」我趕快把她摟進懷裡，輕輕哄她入睡。做個理性的母親，真不容易，就像玩角力遊戲，若要有效施力，不傷對手，且順利達陣，真得沉住氣、用巧勁，拿捏分寸。

我就要這樣

隨著年齡增長，孩子越來越有主見，要怎麼兼顧她的意見和我的原則，讓這角力成為良性互動，不是一件容易的事。翩翩讀小班時，偶爾會有「起床氣」，有次非要看完小熊維尼卡通裡「驢子尾巴週年慶」的橋段才肯出門；還有一次，她的脾氣鬧在梳頭髮上。那天早上她漱洗完，我照例讓她坐著看電視，然後幫她綁辮子，打算替她編兩根低低的麻花辮，再繫上小髮飾，但編好一邊後，她堅持另一邊要綁成高馬尾，我和她說「這樣不好看」，但她仍堅持，我只好隨她，於是她綁著一邊低一邊高、一邊麻花一邊馬尾的不對稱辮出門上學。當時我想，除了鬧脾氣外，她也許是想表現「自我」，雖然她可能會因別人的眼光，而帶來些許尷尬。

那天傍晚，我去幼稚園接她，老師特地出來問我，早上是不是來不及幫翩翩梳頭，於是我把事情原委告訴她。回家後，我沒向翩翩追問學校發生的事，她也沒主動提，但從那次之後，她不再要求綁不對稱髮辮，也較能平心接受我的建議。這次我試著避開和她正面衝突，在提醒之後，便讓她自己面對問題，我想，成長的路本是崎嶇不平，跌跌撞撞在所難免，適時放手，讓她試著自己應對，甚至從錯誤中學習，體會應更深，也更受用。

我以為可以

人際關係的和諧，需以溝通奠定基礎，但對於身邊的人，我們卻常「偷懶」，總以為彼此的理解和默契理所當然，而父母對孩子，也常犯「自以為是」的錯誤。就像舞台劇《暗戀桃花源》中的一段對話，妻子抱怨丈夫不懂小嬰兒的哭鬧：「你根本不懂小孩！」丈夫卻理直氣壯地反駁：「我怎麼會不懂小孩？我也是從小孩長大的啊！」

翩翩讀小學後，有段時間喜歡玩電腦遊戲，有一回我們的衝突由此而起。週日下午，建和常要提早到班開會，我會帶著翩翩沿著河堤或天母街道散步，然後找間飯館吃頓飯，那天，我看時間不早，該出門散步了，我對坐在電腦前已有一陣子的翩翩說：「我們出門吧！」

她說：「媽媽，再五分鐘。」因為天色漸暗，我不想她玩那麼久，所以有些不悅，但沒有吭聲，就靜靜走出書房，心裡暗自決定，今天不出門了。

「我們走吧！」五分鐘後，她關上電腦，出來對我說。

「今天不去了。」我冷冷地說。

「媽媽，怎麼了？」她看到我的表情，知道事情不妙，緊張地問。

「剛才叫你出門，你還一直玩電腦，現在太晚了，不去了！」

「可是我跟你說『再五分鐘』，你沒說不可以，我以為可以啊！」她急哭了。

看著她又急又慌的小臉，我想著她的話，反省自己的壞習慣，我常以為身邊的人都「應該」知道我的情緒變化，總以臭臉和沉默代替否定和拒絕的回答，其實我犯了和她小時候一樣的錯誤，沒好好把話說清楚。記得翩翩兩歲多時，學別的孩子用吼叫表達意見，有一回，我不給她糖，她生氣叫鬧，我把她拉到跟前，說：「你這樣叫，媽媽不懂你要什麼，你會說話啊，用說的，媽媽才懂。」於是她開口說：「糖糖。」我立刻把糖給她，於是她懂了「用說的」才是有效的方法。

在她玩電腦這件事上，我也忽略了溝通的重要，於是我接受她的解釋，擦乾她小臉上的淚，照舊帶她出門散步吃飯。母女間的角力，常發生在生活細節上，透過溝通和傾聽，懂得彼此的想法，理解和默契才能慢慢產生。

我本來很高興的

生活不會永遠風平浪靜，當風浪來襲，同條船上的我們，要學的不只是對付災難，更重要的是不讓災難摧毀我們的愛與和諧。翩翩小學三年級時，建和腦溢血開刀，他從鬼門關回來，身心都需重建，我們一家三口的關係被迫改變，相處方式也得重新調整。建和住院兩個多月時，有天我接了翩翩要去看他，一見面我就和她抱怨：「我下午本來在至善安養中心看公公，結果你爸鬧著要看護叫我去陪他，弄得我好慌亂，連忙從陽明山趕到振興醫院，現在又急急忙忙來接你下課，我都快瘋了……」我的話還沒說完，翩翩的臉已僵住。

她低沉地說：「媽媽，你知道嗎？我今天英文考了一百分，本來很高興的，可是一見面你就和我說這些……」她的話像一盆冰水從我頭上澆下，家中突發的巨變，讓我忘了她還是個孩子，我丟出許多自己無法承受的情緒，而這些垃圾正在一點一滴掩埋她的童年。

建和出院回家後，更多挑戰出現，從視力、記憶力到行動能力，他處處需要協助，我把大多數的注意力放在他身上，生活中的輕重排序，都以他為優先，於是翩翩開始自己上下學、搭公車，甚至在我有課的日子，到超商替爸爸和自己買午餐……直到有一天，她大聲向我抗議：「你都對他比較好！到底誰是你的小孩？」焦頭爛額的我，這時才驚覺，她被迫快速長大，雖已努力接受爸爸病倒的事實，但怎麼連媽媽的疼愛呵護也失去了？生活中的考驗，像老屋的漏雨，不知何時會在何處滴落，我只能想辦法放妥銅盆鐵罐接漏，安頓這小小的家和我愛的人。

媽媽怎麼了

生活的考驗無法預期，有時還是漫長而不知盡頭的。這幾年，建和生病需長期復健，父親接連進出加護病房和呼吸病房，母親也因獨居而情緒起伏……我生活中的每根弦都繃得極緊，我對朋友說，多希望能把自己拆成四塊，分別陪著爸爸、媽媽、建和與翩翩。但是去年初，我自己竟困陷在情緒風暴中，抗壓防線潰堤瓦解。那是一個很冷的週末黃昏，翩翩和同學出去玩，超過約定時間仍未返家，我開始異常焦慮，不停撥打她的手機，她事後告訴我，看到我的二十九通未接來電，她嚇壞了。而那天翩翩的「失聯」，只是引爆我情緒災難的一根稻草。

那天稍晚，翩翩終於來電，告訴我她和兩個同學在外婆家玩，我暴怒地質問她為何不準時回家，為何不接電話……她在電話那頭驚呆，外婆看她非常害怕，連忙把她送回來，我告訴她我急得想報警，然後我歇斯底里地哭泣斥責，她嚇得不知所措，這是她從未見過的媽媽，她不知道媽媽怎麼了？事後，我自己的驚恐並不亞於翩翩，我明白自己病了，親人接連病倒，讓我陷入害怕失去所愛的焦慮，於是我決定求助醫生。記得第一次走進精神科，向醫生描述我的情形後，醫生依慣例問我：「你會想自殺嗎？」這是他們判斷憂鬱症的重要指標，我告訴他：「我不想自殺，但我需要你們幫我，因為我無法控制自己的情緒，我不想再因情緒失控，傷害我的家人，尤其是我的女兒……」

只求一個小小的讚

時間悄悄挪移，最苦或最樂，都不可能停格，生活始終等速前行，正如翩翩臉書上說的：「我不知道從什麼時候開始，牽你的右手，漸漸搭上了右肩。」她在生活波瀾中長大，長成青春少女，走進「轉大人」的尷尬階段。去年底某個週六夜晚，她學完鋼琴，一路哭回家，覺得壓力大，沒法把所有事都做好，她要求完美的處女座性格，總讓她最難通過自己的那一關。進入中學後，課業加重許多，但她仍不願放棄原有的才藝課程和比賽活動，到了年底，這些重擔已超過她年齡所能承受的。雪上加霜的是，我的身體檢查結果有異，而這是她花費再多精力，也無法解決的難題……

但是那晚，我沒意會到她的哭訴是在尋求安慰支持，只建議她放掉一些活動，集中心力在重點工作上。夜裡，她在臉書傾吐不被理解的苦悶：「當自己的垃圾桶滿了，再倒到另一個要滿出來的垃圾場時，垃圾場塞爆了，東西掉出來，不但被罰錢還要把垃圾帶回家……」第二天，我看到她的臉書，呆坐書桌前許久，想著她的結語：「……我都很明白自己的堅持，只求一個小小的讚，默默的小聲的加油就夠了，不貪心。」我想，她真的長大了，有自己的目標和想法，這過去被我抱著牽著的小女孩，現在與我並肩而行，隨著年齡的增長，她對母親角色的期待，已從生活照顧者、課業輔導者，轉為陪她談心解憂的朋友、為她加油按讚的支持者。

我和許多人一樣，是有了孩子之後，才開始學做母親的。在母女角力的過程中，翩翩是我可愛又可敬的對手，我們共同學習，互有輸贏，每次衝突讓我們更懂得彼此，懂得彼此的憂傷和喜樂、期盼和底線；我們在愛中磨合，一起經歷風雨，一起邁步向前，我在錯誤中學習做個稱職的母親，她在挫折中學習做個懂事的女兒，在未來的日子裡，我們還有很多人生功課要一起繼續……

——二〇一四年十二月四日

翩翩的朋友們

我家客廳沙發上，總有幾隻翩翩的絨毛玩偶，或坐或臥占據看電視的好位子。最近一年值班的，除了貓熊胖胖外，還有年資較淺的犀牛大義和長頸鹿璐璐。臥室的櫃子裡，還有熊、貓、狗、老鼠、兔子、恐龍等許多朋友在輪休，從翩翩四歲開始，帶她出國時，我會為她在每次特別的旅程中，買回一個玩偶，作為旅行的紀念和記憶，之後即使我自己出國開會，也習慣為她帶回新朋友。

這習慣的開始，是個失去和悲傷的故事。二〇〇五年八月，建和和她陪我去北京香山開會，回程時在北京機場，我們買了一隻穿綠錦緞唐裝背心的臥姿熊貓曲曲，但在香港機場轉機時，建和給她照相，一轉眼的工夫，曲曲被人拿走了，她哭著上飛機，連空姐都覺得不忍，想辦法拿玩具安慰她。之後她每每想到那隻無緣的曲曲，都忍不住落淚自責！好長一段時間，我都不敢再提起這往事，這是她心裡很痛的傷。回來後不久，就在她五歲生日後，我住院開刀，接著長達一年的連串治療，她看到我的變化，腋下裝的引流管、胸上的開刀疤痕、身上畫的定位格線，然後頭髮一綹綹地掉落，年幼的她已經明白，這是我們辛苦的一年，當時她曾和她爸說：「我是全世界最想快點六歲的小孩。」但從失去曲曲開始，到擔心失去母親，她懂得好好疼愛保護她所愛的，也學得更有責任感。從失去的故事，學到了珍惜和謹慎的功課！

二〇〇七年，我再度到北京開會，雖然沒有帶她去，但臨行前，她囑咐我要帶一隻熊貓朋友給她，我知道她還在掛念曲曲。回程時，我在北京機場的商店看了許久，找不到和曲曲一樣的玩偶，只好在貨架上僅有的三隻中，挑回了微微側臉的站姿貓熊胖胖，胖胖是她朋友中，少數能常年留在沙發上而不回櫃子輪休的。二〇〇九年，我去武漢開會，在香港機場為她帶回老鼠波波；二〇一一年，我去成都開會，轉機時為她帶回白兔邦尼；去年，我帶她到北京和武漢訪友，她從北京機場帶回目前我家最年輕的小朋友——長頸鹿璐璐。

翩翩的朋友中，只有犀牛大義是台灣囝仔，那是二〇一二年暑假，我們全家同遊高雄義大世界帶回的朋友。那次旅行是建和腦部開刀後，我們全家第一次長途旅行，三天兩夜的旅程中，不少生活細節的挑戰，但翩翩是個稱職的小幫手。逛義大商城時，她有幾回拿起義大的吉祥物犀牛大義，看了看又放下，我問了她幾次：「要不要買一個？」她都笑笑搖頭說：「不用，有點貴，而且我大了！」她的懂事和貼心，讓人心疼，而她的成熟自制，一點都不像十一歲的孩子。離開前的下午，我們在飯店的禮品店閒逛，她去洗手間時，我本打算偷藏一隻大義帶回台北再給她，沒想到結帳時，被她發現了，她很開心，卻捨不得我多花錢，問我：「你怎麼買這麼大隻的？」我笑著回答：「這樣抱起來才溫暖！」她笑得更甜了。回程的路上，她一直小心呵護大義，不讓曲曲的悲劇重演。

今年暑假，我們全家去礁溪渡假，在飯店大廳的禮品專櫃，我讓她挑一隻可愛的襪子貓，她仍是微笑搖搖頭，但她的眼中不再有童年時的欣喜光芒，也不再流連把玩，我想，她真的長大了，她的童年真的遠離了。翩翩是獨生女，我常擔心她沒有伴，而這些朋友都是她的童年玩伴，他們都有自己的名字和個性。在建和上夜班的日子裡，我們常為對方擔任各個朋友的配音和角色代言人，兩個人和一堆玩偶，編出許多天馬行空的趣事和歷險。現在回想起來，那段我們倆相依的歲月，多麼有趣而快樂，但孩子終究會長大，童年也會一去不返。去年，她上國中後，和這些朋友玩的時間少了，但我知道，我們都很懷念那段可愛又甜蜜的時光，那段陪她成長，也陪我回憶童年的時光！

——二〇一四年十月六日

翩式幽默

暑假中，和朋友約好鐵道一日遊，計畫要去嶺腳、平溪、十分，所以得一早叫翩翩起床。把她叫醒以後，我就去準備早餐，但過了好一會兒，房裡仍是靜悄悄，沒有動靜，我只好再進去叫她，結果她還抱著抱枕趴在床上。

我搖搖她，說：「你怎麼還不起來？趕不上火車了！」

她老神在在，閉著眼說：「我是在和阿妞道別。」阿妞是我們家最資深的抱枕，它是看著翩翩長大的，她小時候，整個人睡在阿妞身上，現在常把它抱在懷裡，或夾在兩膝間，有時不開心時，她便抱著它窩在床上許久。

在我兩度催促後，她很捨不得地放開阿妞，慢慢從床上爬起來，起身到浴室，於是我放心地去整理出門物品。但稍後我又看見，她坐在馬桶上閉目貪睡，我不發一語定定看著她，突然她睜開眼，發現了我，說：「哦，我是在和馬桶閒聊！」我聽得哭笑不得，只能猛翻白眼，然後她知趣地擠好牙膏，坐到床邊椅子上，一手拿著牙刷刷牙，一手夾著她心愛毛巾的一角，享受她和「布布」早晨的最後溫存。

翩翩的小腦袋裡，藏著許多天馬行空的想像。記得她幼稚園小班時，有天早上起床，哭喪著臉跑來找我，用右手指著自己白胖圓嫩的左手胳臂說：

「媽媽，有一個布丁咬我這裡。」

我聽了覺得又可愛又好笑，可是看她傷心的小臉，只好忍住不笑，問她：

「是什麼樣的布丁？」

「是粉紅色的。」

「哦，那應該是草莓口味的吧！」

「嗯！」她很認真地點點頭。從那次起，我很確定小孩子的夢境是彩色的。

翩翩上小學前後，有段時間熱中寫故事：〈小船嘟嘟〉寫玩具船被小朋友冷落，〈蚯蚓的地洞〉寫蚯蚓哥哥第一天當哥哥的心情，〈章魚哥的舞會〉寫愛逃學的鯨魚王子立大功，〈小黑羊與金羊公主〉寫小黑羊英雄救美抱得美人歸……

還有一回，她參加夏令營，戲劇課的老師要大家編「誇張」的故事，她寫了愛吃櫻桃的吹牛先生，吃掉整棵櫻桃樹，結果身上長滿櫻桃樹去就醫，沒想到連醫生也貪吃，吃了砍下的櫻桃樹後也得了櫻桃樹病，最後把這些櫻桃樹拿去給化學老師研究，沒想到丟入藥水中，變出一隻櫻桃狗，而牠因吃了太多櫻桃，竟胖成氣球，飛上了天。

翩翩處理事情，常有她自己的幽默邏輯。她爸很疼她，對她很多的生活小事，都認真對待，而翩翩不想讓人管，所以總有自己的方法四兩撥千金。今年春節後，翩翩剛從基隆奶奶家回到台北，她爸原本想一家人聚聚，但翩翩想和同學出去玩，我讓她自己去和她爸說，於是她說：「爸，我有一個好消息和一個壞消息，你要先聽哪一個？」

她爸回答：「先聽壞的。」

於是翩翩一臉愧疚地說：「壞消息是，我今天要和同學去美麗華玩。」看到她爸臉色沉了下來，她又眉飛色舞地說：「好消息是，我今天會玩得很開心！」她爸聽完後，只能苦笑點頭。

翩翩上國中後，常回來和我嘰嘰喳喳聊班上小女生情竇初開的心情故事，前幾天她問我：「媽，我每次和你說這些，你會不會覺得很煩？」

我笑笑說：「這很正常啊，這個年齡的孩子，本來就是這樣。我記得有首歌，是我小學時聽到的，歌詞記不全，但大概是這樣：『當我還是娃娃，我的心裡只有媽媽；當我漸漸長大，我的心裡除了媽媽，還有星星月亮和花』，然後就說到你們這個年齡了，『當我眼光朦朧，當我唇邊帶著微笑，我的心裡又有了他』，怎麼樣？很傳神吧！」

沒想到她給了我一個「神回」：「媽，所以她從小到大，心裡都沒有爸爸啊！」害我差點從椅子上摔下來。

——二〇一四年十月十九日

不一樣的母親節

看到樓梯了嗎？它是往上走的喔！我相信未來是向上走的！

我一直都覺得很抱歉，薇閣幾乎填滿了我的生活。有時好想陪你去散步，陪你去打針，但時間挾持了我，不過還好，你身邊總有熱情的學生，幫我好好孝順你，只要你是快樂的，我的天空就是晴朗的。

不曾忘記過每年的母親節，今年的氣氛想必特別不一樣。

其實我想說的只是　**我愛你**

母親節前夕，翩翩學校寄來她手繪的賀卡，封面、封底和內頁，被她畫滿插圖，寫滿文字。從她幼稚園開始，每年母親節我都會收到她的卡片或手做小禮物，今年是我當母親的第十四個母親節，正如她卡片內頁說的，今年的母親節氣氛特別不一樣。在生命關卡徘徊的我，面對母親和女兒，有一種更想緊緊擁抱的心情。做為女兒，我覺得自己還該再努力和珍惜些；做為母親，我很感恩上天送給我的這份禮物。我和翩翩，一起走過太多「相依為命」的人生片段，她陪我度過許多悲歡……

那年，建和躺在加護病房裡，那是一段禍不單行的日子，挫折和意外接踵而至，甚至去車廠打蠟，車鑰匙也會被服務員折斷了，平順的生活被轟得千瘡百孔，我毫無反擊之力……有天晚上，我和翩翩從醫院回家，經過福林橋邊的超商，進去查詢建和金融卡的餘額，因為店員疏失和電腦故障，卡片莫名被機器吞掉，銀行行員要持有人去銀行領回，我用對講機和行員交涉許久，只好在超商等保全來處理。呆望著暗夜街上來往的車燈，我感到四處碰壁的無助困窘，忍不住掩面哭泣，翩翩靜靜坐在一旁，陪著我落淚。翩翩從很小開始，看到我流淚，便會跟著流淚，有幾次我擦乾眼淚問她：「你哭什麼？」她總是認真看著我，稚氣地回答：「你哭，我就哭！」

那天，天氣又濕又冷，翩翩從陽明山田園教學回來，自己在浴室刷洗弄髒的球鞋，聽見我進門的聲音，她背對著我問：「媽，你今天研討會還好嗎？」我沉沉地回了一句「還好」，她聽出我的心情，問「你怎麼了嗎？」我走進浴室，從背後抱著她大哭。因為我把講評的場次調到早上，下午抽空去門診看骨骼攝影的檢查報告，醫生告知病情轉移，而我憂傷的心情瞞不住她，我對她說：「翮，媽對不起你……」她轉身哭著說：「媽，你不用對不起我，你要對得起你自己！」

翮翮有超齡的成熟，這些年來家中發生許多事，迫使她的心智快速成長，她從我的女兒，變成我的朋友，更在某些我慌亂無法自持的時刻，給我鼓勵安慰，甚至提醒忠告，就像她在卡片封面「Always Follow the Light」下寫著：

我們的故事
沒有　最亮眼的封面
卻有　不平凡的劇本
就算　路上的燈熄了
還有　角落的光陪伴

結婚之初，我原本沒有生孩子的打算，總自私地認為生養孩子不是我的人生期待，但拿到博士學位後，突然覺得人生似乎還有值得去完成的事，於是婚後第十年有了她，因為她的出生，我開始學做母親。而她一直努力扮演好女兒的角色，照顧好自己的課業，讓我放心，逗我開心。而她對我所有的期盼，化做了卡片封底密密麻麻的三十六句「早日康復」。

親愛的女兒，正如你所相信的，「未來是向上走的」，媽媽會加油，因為我們的緣分還很長很長……

——二〇一四年五月十一日

關於……

有人說，會來當你孩子的人，是要藉由親子關係，解決和你之間的累世糾纏，有的是來還債的，有的是來討債的。對於這種說法，我半信半疑，但我相信，會來當我孩子的人，必和我有很深的緣，我們會在這一世中，相互扶持，一起學習。

翩翩小時候，我總遺憾：這孩子我生得這麼辛苦，躺在待產室裡痛了三十幾個小時，她卻長得不像我，還有不少朋友頭一次看到她，便說：「長得像爸爸，對吧！」等她漸漸長大，我才明白，原來她是個性像我，所以她和我的「像」，不是在外表，而是在內心。我知道個性是天生的，但不確定是否與遺傳有關，後來我發現，我們的相像和默契，其實像是一種鏡像活動，我們在生活作息間，甚至枕邊閑聊中，彼此影響，讓我們不斷對照修正，然後越來越像。

關於相像

翩翩上國中時，開學第一天就被老師選為班長。上課三週後，有天她回來告訴我，有個調皮的男同學揉著紙球，對她說：「班長，如果我用這個球丟你，你會怎樣？」

她回答：「我會揍你！」

那男生說：「我只是想看看班長發飆的樣子……」然後偷笑地離開。

翩翩問我：「媽，如果是你，你會怎麼說？」

我當時回答：「我可能會說：『你試試看！』」但後來想了一下，這回答很蠢，因為他可能就真的試試看了，而翩翩的回答直接有力，明白警告，似乎更有效些。

後來，我和學生分享這事，談到翩翩和我似乎不太像，但學生說：「老師，其實翩翩和你很像，你不是國中時也修理過色狼嗎？」

學生這麼一提醒，我倒是想起來了：國中時搭公車上下學，有次經過圓山站，我站在司機後面，有個穿白襯衫的瘦小男子，經過我身旁準備下車，順手在我穿著制服裙的臀部上掐了一把，我不假思索地轉身朝他背上狠狠捶上一拳，全車乘客盯著他看，於是他匆忙下車。這麼回想起來，原來翩翩像的是那個三十多年前，面對危急直率反擊的我。

關於交換

二〇一二年冬天，在我情緒低落的那段日子裡，有個黃昏，我們一家經過中山北路六段的巷子散步回家。那天就和平常一樣，我和翩翩並肩走著閒聊，建和靜靜跟在我們後面，突然一陣靜默，不知是說到什麼觸動翩翩的思緒，她抬頭對我說：「媽媽，我知道我和爸爸讓你過得很辛苦，如果沒有我們，你可以做自己想做的事，會快樂很多。如果可以，我寧願選擇不要來到這個世界，換你的快樂。」

我聽完，除了感動，還有很深的自責，該給她快樂的，應是做母親的我，但我竟讓她願意為我的快樂，放棄自己的人生。於是我停下腳步，告訴她：「翩翩，你是我最重要的寶貝，我願意用全世界來交換你的存在。」然後緊緊摟著她，一路依偎回家。

常有朋友問：你的孩子這麼懂事貼心，是怎麼教的？我總不知如何回答，因為除了陪伴，我從未刻意去「教」什麼。反而很多時候，是我從孩子的純真善良，反省自己的人生態度，她讓我更懂得凡事感恩，保有真心。

關於無常

去年（二〇一四年）五月，台北捷運發生隨機持刀砍人事件，媒體不停播放相關訊息，社會籠罩著浮躁不安的氣氛，翩翩下課回來也不停和我討論這事，覺得荒謬難以置信。夜裡，她躺在床上，翻來覆去睡不著，我輕拍她的背，試著安撫她，她轉過身來，對我說：「媽，我真的不敢相信捷運發生殺人事件，覺得好像是假的……」

我知道孩子受到驚嚇，因為平日熟悉的交通工具，成為慘案現場，新聞中的受害者，可能會是身邊任何一個人，這一切使她非常沒有安全感，於是我和她說：「這就是無常！」她在昏暗的房裡，不發一語地聽著。

我用盡可能平靜的語調，慢慢告訴她：「我們無法預知明天會以什麼面貌到來，就像我們無法掌握生死離合。其實我們沒有昨天，也沒有明天，我們擁有的只有眼前的當下。所以，對於身邊的人事物，我們只能在還能愛的時候，好好去愛，希望在緣分盡了、必須離開的時候，留下回憶和思念，讓自己沒有遺憾悔恨！」

其實我知道這很不容易，但卻是我們必須學習和面對的人生功課。

關於可憐

翩翩下課回來，總會和我報告學校發生的大小事。有天她放學回家，看我在洗手，便走到浴室和我說：「媽，班上有個同學聽說你生病的事，特地來安慰我，她眼睛紅紅的，都快哭了，和我說：『翩翩，你好可憐！』」

我看看鏡子裡她白淨的臉，笑著問：「那你覺得自己很可憐嗎？」

她想了一想，說：「有點可憐吧！」

我和她說：「生老病死，是人生的過程；面對生老病死，是人生的功課。這些功課，有的人早點學，有的晚點學，但終究都要學到的。我們家比較早碰到這些事，所以這門課你比別人學得早，但學得早不一定比較不好，學得晚也不見得比較好。」

她若有所思地點點頭，我想，這些年來我們一起走過許多風雨，這番話她是懂得的。

關於陪伴之一

元旦假期最後的早晨，送翩翩上鋼琴課前，陪她在忠誠路的摩斯漢堡吃早午餐。我們選了面對街景的窗前，並肩坐下，街道上的台灣欒樹已漸轉枯黃，金色的陽光灑下一地的溫暖，客人不多的店裡流淌著柔柔的音樂，我倆沉浸在這美好的片刻。

這一年來，我要給她零用錢，她總說：「媽，我還有錢，你先留著。」但前一天下午她和同學出去玩，我想她應該已經花了些錢，所以我從皮包拿出鈔票，仔細摺好，放進她的小熊錢包裡。她看著我，微笑說：「謝謝！」

她吃著漢堡，我喝著花茶，她突然對我說：「和你一起出來真好！」

我故意逗她：「哈哈，是因為都我付錢嗎？」

她大笑說：「不是啦！」接著停頓了一下，些許靦腆地輕聲說：「是有媽媽真好……」我伸手拍拍她的肩，我們相視而笑，然後一起把臉轉向窗外，看到冬陽拋下的金線在風中欒樹上輕盈舞動。

關於陪伴之二

那天夜晚，翩翩洗完澡在臥房梳妝檯前吹頭髮，我靠著枕頭坐在床上和她閒聊，她眉開眼笑地說著學校的趣事，然後問我：「媽，你今天過得好嗎？」這是我們常常彼此關心的問候。

我想了想，說：「今天看到你小姑姑的臉書，她畫了幅燭光，說要送給幾個朋友，和『堅毅的如珊』……」

「我看到了，看到你也按讚了！」

「我只是有點意外，她用『堅毅』來形容我，我只覺得自己是個認命的人，碰到什麼，就去面對和接受，很多事不是我能選擇的……」

「我也覺得『堅毅』的形容沒錯，很少人像你碰到這麼多的事！」聽到女兒的認同，我笑了，竟有種小孩被師長讚美的歡喜。

她轉身繼續吹頭髮，一會兒又停下來，問我：「媽，你人生中覺得辛苦的事，是不是都發生在我出生以後啊？」

對於這個突然冒出來的問題，我怔了一下，說：「大概是吧！」

然後她笑了，笑得眼睛彎彎像月亮，說：「我很高興……」

「高興什麼？」

「因為這一路上，我都能陪著你！」

關於幸福

有天晚上，我們在高島屋百貨十二樓吃飯，巧遇建和的主治醫師，劉醫師看到我們很高興，直說建和越來越年輕了。我突然想起，那年建和從手術室出來，轉往恢復室，劉醫師和我站在病床邊談建和病情的凝重表情，當時他無法給我任何保證，因為命是救回來了，但能否清醒、活動或言語，都無法確定，其中的變數太多，對於生命，除了上帝，誰能有絕對的把握。對照將近五年後現在建和康復的情形，這真像是個奇蹟。

晚上洗完澡，我和翩翩在房裡閒聊碰到劉醫師的事，我隨口說：「你爸如果一直維持這種沒有壓力的生活，會越來越年輕，可是你瞧，你媽白頭髮越來越多了……」

翩翩問了一句：「那你覺得幸福嗎？」
我說：「很幸福！」
她低聲地說：「幸福就好了，沒什麼好抱怨的！」
「……」
上帝派了一個小天使到我的身邊來，在我鑽進死胡同時，把我帶回家！
小天使和我如萬花筒般的生活小戲，一幕又一幕，以不同的圖形色塊登場，拼貼出屬於我們的憂歡歲月。

——二〇一五年五月二日

窗檯邊的身影

翩翩學校的英文小組課程，由外籍老師帶領閱讀、討論和活動，每學期都有英文口試。上學期期末口試時，老師問她生活中有什麼挑戰？她和老師說：這是個祕密！老師點頭微笑，她繼續說：她五歲時媽媽得乳癌，一年前媽媽癌症轉移到骨骼，雖然她覺得這是不小的壓力，但她告訴自己，仍要快樂地面對每一天。她回答完，老師沒有對她的英文做糾正或評論，而給了她一句中文的「加油」。

今年母親節前，我同樣收到她從學校寄來親手做的卡片，上面寫著：

春天會再來，月亮會回來，但我不知道若有一天我們正式道別，還有沒有機會再遇見？會不會我重新認識的你不像現在如此充滿溫馨？我可不可以任性，任性地停在這裡，陪伴你。

這些年來，這是她第一次主動和我談到，「若有一天我們正式道別……」，我不知道這擔憂在她幼小的心靈藏了多久，她總把心裡的苦留在陽光般的笑容後，獨生女的她，沒有手足可以分擔那份躲在內心角落，害怕失去父母、失去家的恐懼。她的寂寞無助，總讓我想到建和腦溢血送醫急救的那個清晨，她趴在窗檯邊的小小身影。

那年，她九歲，建和凌晨下班後頭痛不已，一句「救我」喚醒睡夢中的我，幫他叫救護車，一一九的消防員表示為了不打擾鄰居，救護車只閃警示燈而不鳴笛，要我留意開門。於是我和翩翩輪流顧著建和，並到客廳窗檯的大景窗前查看救護車是否到達。一陣慌亂後，建和被抬上擔架，我匆忙拿起證件陪他去醫院，留下翩翩獨自一人。

過了幾天，翩翩告訴我，那天我們離開家門後，她爬上椅子，趴在窗檯上，看著消防員把爸爸抬上救護車，然後目送刺眼的閃燈消失在雨聲街的轉角。每每想到那夜她趴在窗檯上孤伶伶的身影，我就感到深深的無奈和抱歉，因為這是她在五歲懂得可能失去媽媽後，再次發現，原以為會是最後支柱的爸爸，竟也倒下了。

建和住院三個月，那時每天往返醫院、學校與家裡的我已分身乏術，無法再像往常接送照顧翩翩，只好替她打鑰匙、辦手機，讓她自己上下學、自己去才藝班、自己搭公車。記得第一次她獨自搭公車，是從才藝班到榮總看建和，我在醫院用手機掌握她的行蹤，然後到公車站牌等她。對敏感細心的她而言，第一次沒有大人陪在身旁，必須獨自面對可能突發的狀況，她內心的恐懼不安，應不亞於我等待的焦急擔憂。在那段日子裡，她乖巧懂事依舊，週三只有半天課，她會在學校利用下課時間先把功課寫完，然後下課就到榮總陪建和復健。

「好，很好，再走幾步就到了！」

「忍耐一下，手再抬高一點點，就剩三十秒了。」

「再用力踩幾下，就可以休息了。」

「爸爸，加油～」

「爸爸，你今天很棒喲！」

偌大的復健中心，不少人在練習，她繞在建和身旁，就像稱職的小小復健師。後來建和的看護告訴我，當我不在病房時，她總會自動遞補我的位置，接下我的工作，替爸爸按摩、擦手擦臉、遞水遞紙巾……經過了好些年，許多當時的情景我已印象模糊，但在她小小的心裡，有些片段卻仍牢牢附著。

建和病後三年，翩翩小學六年級，有天晚上，她突然到房間裡對我說：「媽，我可以和你談談嗎？」平常她總說：「媽，我可不可以問你一個問題？」而這次卻說要和我「談談」，我猜到她心裡有事，於是她坐在床邊的椅子上，開始傾訴沉在心底許久的重壓：

最近全班在讀一本班書《媽媽最後的禮物》，是講美珍的媽媽得腦癌的故事。她的媽媽也做化療，但後來越來越嚴重……

翩翩的語氣由平靜逐漸轉為哽咽，然後啜泣：

很多同學都看不太懂，沒什麼感覺，可是我卻覺得好清晰、好難過，一直想到你和爸爸生病的時候。

我以為我忘了，其實都還放在我心裡。

美珍的媽媽化療後乾嘔，我就想到那時你化療回來一直吐，一直吐，我就站在你後面，看到你把南瓜稀飯全都吐光了……

美珍的媽媽後來腦部癌細胞擴散，很多事都不記得了，連很簡單的問題都答不出來，也不認得美珍了，我就想到爸爸剛開完刀的樣子，很多事都不會做，也常常想不起許多事……

「我以為我忘了，其實都還放在我心裡。」過了好幾年，翩翩說這兩句話的表情和聲音，仍在我心裡縈繞。雖然《媽媽最後的禮物》中，美珍在媽媽去世後，用家庭網頁記錄了媽媽生前的點滴，留下對媽媽的愛，讓死亡只是生命的終點，而不是情感的結束。但對親眼看見爸媽病倒的翩翩而言，書中的道理是抽象而遙遠的，無法完全化解心底的重壓，那種害怕失去父母、失去家的恐懼。

我想，對於生老病死和聚散離合，我們都沒有完全正確的解答，但時間或許是最好的解藥：因為時間能讓窗檯邊的小小身影長高長大，讓她更有能力和勇氣去面對失去；因為時間能讓傷疤變平變淡，讓我們即使無法忘記，也能慢慢釋懷。

——二〇一五年十月二十一日

缺席

五月二十六日，星期二，這天你去台北市政府領優良學生獎，學校國中部只有你和另一位男同學獲獎，這是很大的榮耀。從小到大，你有許多上台領獎的機會，每個重要的日子，我都在你身邊，但這次我缺席了，第一次沒有陪著你，一同見證你成長中的重要時刻。

之前你問我，有沒有空和你一起去領獎？我說，因為前一個星期二打針，所以已經請假一次，如果陪你去，就得連續兩週請假。你很體貼地說沒關係，學校老師會帶你們一起去，於是我很放心。那天領獎回來吃晚餐時，你告訴我，校長陪你和市長照相，男同學的爸爸也去了，接著輕描淡寫地留下兩句話：「這是你第一次沒有陪我，我放了一把傘在你的位子上……」然後你靜靜低頭吃飯，我不知該說些什麼，但微微酸楚在心底幽幽漾開。過了幾天，我看到你寫下的心情：

這次，是從小到大
第一次你沒有陪我

當老師安排我坐下時
身旁空著的家長座位
讓我有些不自在
所以我順手把短傘放著代替你
這樣會不會好一些？
排隊上台前
別人的父親
正整理著兒子的服儀
眼神流露出欣慰
我不小心看到了
我不小心放心上了

我不小心在乎了你不在的事實
刻意轉了頭
用手指梳理頭髮
拉整衣領
撫平裙子
沒關係，我要獨立
因為我知道
你留了牽掛給在領獎的我
我留了牽掛給在講課的你

聽說那牽掛叫做依賴

這牽掛是隱形的線繩，兩端繫著你和我，離得再遠，心都緊緊依偎，因為愛一直都在。還記得你幼稚園的畢業典禮，那是我化療後第一年，長出來的頭髮還不太長，我抱著期待和感恩的心情，去參加你人生中的第一個畢業典禮。在表演節目之後，應屆畢業的小朋友們拿著蠟燭，依序由禮堂後門，順著走道階梯，伴隨音樂緩緩走向舞台，我轉過身來，在小小隊伍中找尋，看見你燭光中的小臉，有種無法言喻的激動，那個抱在懷裡的孩子長大了。

你五歲時，我開刀，左臂腋下淋巴摘除，右肩下方為了化療裝上人工血管，醫生囑咐兩手皆不可拿超過五公斤的重物，我只好和你說：「以後媽媽不能把你抱起來了！」你的失落可想而知，但卻沒有任何埋怨和脾氣，而從那時開始，你默默接受和學習這來得太早的「獨立」。這些年來，我一直想知道的是，還能陪你走多遠？而最擔心的是，在你需要我的時候，我卻缺席了。但後來我慢慢懂得人生無常，明白有時我們很難預估未來，甚至計畫明天，於是學著珍惜每個相處的當下。對於你的提問和疑惑，我不設底線認真以對，因為我總想，如果你早些學會這些人生的事，當有一天我真的缺席時，或許我就能放心和放下。

畢業典禮的最後，是你和叫Michael的小男孩一起代表畢業生致辭，你可愛認真的表情，稚氣清晰的童音，讓我感到深深的欣慰和滿足。典禮結束後回家的路上，在爸爸的車裡，你說著上台時的緊張心情，以及在後台準備的情形，我讚美你的落落大方，也提醒你使用麥克風的技巧。我們一起回味典禮的點滴細節，但卻沒告訴你我心裡的感動，在疾病的震撼教育後，能陪你邁向人生第一個學習的里程碑，之前種種的磨難似乎都已雲淡風輕。

我們就這麼牽著伴著走過一程又一程，就像你一歲多時爸爸為我們留下的那張照片，照片中只見我受傷貼著繃帶的手牽著你，而你乖巧專注地看著前方，高舉的小手輕輕掛在我的手中。記得你小學畢業典禮時，爸爸和我也一起坐在台下，看著你上台領市長獎、代表畢業生致辭、給校長獻花，在大家的掌聲中，我彷彿看見你入學的第一天，中午放學時我去接你的模樣：你穿著稍嫌大的粉紅色運動服，露出白皙的胳臂和小腿，梳著兩根辮子，乖乖排在路隊中，看到我的那一刻，你的臉在陽光下笑得燦爛。

這一切還歷歷在目，你卻轉眼走出校門。畢業典禮的最後，是家長和在校生目送畢業生離場，你穿著雪白的洋裝，走在隊伍前端，亭亭玉立，爸爸和我有種「吾家有女初長成」的喜悅，尤其是在爸爸走過生死關頭的三年後，我們仍能並肩看到女兒的成長。他微微側身輕握我的手，說：「你辛苦了。」這時，幾年來的曲折起伏、酸甜苦辣，都化為一片靜默，和眼角的淚水、手心的溫暖，停格在人群逐漸散去的禮堂中。

去年底，在學校的善行獎頒獎典禮中，你是最後一個領獎人。獲獎學生的家長受邀坐在台上觀禮，先是導師對得獎者的介紹、校長頒獎和合照，然後是得獎者致辭。那天心怡老師說：你是像一道光的女孩，總把微笑帶給別人，鼓勵同學不要怕失敗挫折，要珍惜這段共同打拚的時光……以前我總說，你是上天賜給我的禮物，是我的小天使，現在我也想說，你是我們家的一道光，一道帶來希望和正面能量的光。

心怡老師還在台上提到，前年冬天我剛得知癌症轉移時和她的談話。記得那天是你音樂教室的戶外演奏會，老師抱著尚未足歲的女兒來看你表演，我和她談到家裡的情形、我的身體，還有獨生女的你……老師的介紹詞把我們緩緩帶回那個寒冬，我坐在台上左側家長席中，你站在台上右側布幕後，我們之間隔著師長，遠遠四目相望，老師娓娓道出的那些回憶片段，讓淚水在你我眼中不停打轉，我從提袋裡拿出紙巾，你也接過引導老師遞來的面紙，淚水終究是忍不住的。

然後，你擦乾了淚微笑領獎，沉靜平穩地上台致謝辭。典禮結束後，你貼心地送我到校門口，微弱的冬陽照在你臉上，你笑著和我道別，提醒我路上小心。

走在回家的路上，雖然春天還沒來，但我感覺吹來的風已帶有些許暖意。我明白，終有一天我會在你的人生場景中缺席，但我相信，這些我們共同經歷過的點點滴滴，將在你的記憶裡永不缺席。

——二〇一五年八月三十日

生日快樂

前天晚上，你夜自習回來，笑著告訴我，同學在教室裡開玩笑大聲說：「後天翩翩就到法定年齡，可以訂婚了！」

我聽完怔了一下，天啊，時間過得太快了，你十五歲了。還記得我們家「流傳」著一句你的經典話語：那年你剛過完五歲生日，我接著開刀化療，你在長輩們的「提醒」下，知道媽媽將有一年辛苦的生活，你似也被困在未知的恐懼中，於是有天你突然幽幽地對爸爸說，你是全世界最想快點六歲的小孩！

一轉眼，十年了，我們在跌跌撞撞中，一起走過生活的喜怒哀樂，五歲的小孩，在時間的追趕下，成了十五歲的少女。昨天夜裡，我們在臥房閒聊，細數偷偷溜走的日子，憶起你小學二年級那回的生日：那次，我和你何嘉仁美語學校的老師「串通」好，在你上英文課時，算準時間，悄悄送去兩個蛋糕，讓同學和你一起歡度生日，希望給你留下美好的回憶。最有趣的是，當時你非常地意外，完全沒想到這是我的計畫，後來還一直想不通為什麼學校這麼熱情為你準備生日宴會！

你還記得嗎？這樣可愛的誤會，並不是頭一回發生。你在幼稚園小班時，頭一年的耶誕節，老師希望給你們驚喜，於是請爸媽為小朋友準備一份特別的禮物，讓學校扮成耶誕老人的外籍老師分送給你們。那天你得到了一個穿睡衣戴睡帽的凱蒂貓，高興極了，回到家快樂地和我介紹你的新朋友，直到多年後，我才告訴你，那其實是我為你挑選的玩偶。我想，有時無傷大雅的可愛誤解，也是生活中的美好想像。

昨天晚上，你夜自習回來，一整天的英數理化課程和考試，真的累壞了。我和往常一樣，坐在你對面，陪你吃宵夜，你慢慢吃著，突然抬起頭來說：「媽，對不起，我應該多和你談談我在學校好玩的事，但我真的好累。」傻丫頭，其實陪著你，媽媽就很快樂了，你現在面對的這些課業壓力，我完全幫不上忙，我真的只能陪著，在你需要時，給你一點點鼓勵和安慰，就像你對我的那樣。

你是個非常貼心的孩子，總希望逗我開心。有一回我們在路上看見一隻大白狗，以很優雅的姿勢，像芭蕾舞者般兩腿直線地走路，害我笑到不行，從第二天開始，有好一陣子，你每天早上離家上課前，站在電梯口，學著牠的姿勢和我道別，看我笑得很開心，你才放心地出門。直到有一天，我和你說：「翩，以後別這麼逗我玩了！」你問：「媽，你是不是看膩了？」我說：「不是膩，還是很好笑，只是你背著這麼重的書包，我怕傷到你的肩和腰……」

親愛的翩翩，今天是你十五歲的生日。

我知道你漸漸長大，我們相伴的時間會越來越短，所以我們很珍惜相處的時光，看到你的成長，我很有成就感，這是做母親的滿足。就像我們常常談的，快樂的人生是由快樂的當下連綴而成的，所以生日要快樂，天天更要開心，親愛的寶貝，愛你！

——二〇一五年九月四日

藏

昨晚睡前，我藏了一塊黑巧克力在翩翩的點心盒底，暗自想著今天下午她吃點心時的驚喜模樣。她從小跟著我，連吃東西的口味也受我影響，不愛甜膩的巧克力，偏愛許多小朋友不敢嘗試的黑巧克力。在批改作業的苦悶日子裡，我總是掰開一大塊黑巧克力，拿到書房，和她一起分享。

昨晚我睡下後，她也鑽進被窩，在我耳邊咯咯地笑說：「媽，今天中午有件很好玩的事。」

「什麼事？」

「少筠坐在我斜前面，吃午飯時，她把玉米排骨湯的玉米掉到桌上，不能吃了，她有點難過，然後擦了桌子，把玉米拿去丟。」

「嗯。」

「然後我趁她去丟玉米時，把我還沒喝的湯裡的玉米放到她的碗裡，等她回來，我就一直偷看，想看她的反應，她起先沒發現，繼續吃飯，後來一怔，看到了，想了一想，就回過頭來和我說：『翩翩，不行啦，那是你要吃的！怎麼給我呢？』然後我就一直笑一直笑……」

「你怎麼回答？」

「我就說，沒關係，我沒有像你那麼喜歡吃玉米啊！」

翩翩又笑開了，惹得我也笑個不停。

「藏」是我們創造生活驚喜的小把戲，但記憶中，我第一次藏她的東西，卻像一場惡夢，因為我藏的是奶嘴。那年她兩歲多，平日住在基隆婆家，假日才回台北來。有天婆婆告訴我，翩翩的奶嘴滾到床下，沾上了灰，她覺得這是戒奶嘴的好時機，於是和翩翩說奶嘴髒了壞了，不能吃了，然後交代我，回到台北無論如何都不能再給她奶嘴，不然之後再戒會更痛苦，於是我牢記婆婆的話，把奶嘴藏了起來。

那天晚上，建和上班後，她和我玩累了，準備要睡覺，卻遍尋不著心愛的奶嘴，我不知當時她小小的心裡是否會因阿嬤家的奶嘴沒指望了，而把更多的期待放在台北家裡的奶嘴上，導致更大的失落。那夜，她失去日常的依賴，被迫改變習慣，煩躁難捱無法入睡，我抱著她在家裡來回走著，她把頭靠在我肩上，哭得痛徹心腑，我一邊輕拍安撫，一邊輕聲逗哄，但心裡卻莫名浮起可笑的憂慮：人說失戀如同戒癮，都是在和習慣奮戰，戒奶嘴就這麼辛苦，以後失戀的時候怎麼辦？會不會走不過失戀的苦？到時候我要怎麼勸她？做媽好難！想著想著，我也陷入淡淡的憂傷，似乎輕拍逗哄的不只是她，還有身為新手媽媽不安的自己。

關於「藏」的記憶，除了藏奶嘴事件之外，多數是快樂的。翩翩小時候愛和我玩「藏」的遊戲，記得她幼稚園時，常趁我要進家門前，先躲進臥房的窗簾裡和我玩女兒失蹤記，雖然我看到窗簾下方那雙沒藏好的胖嘟嘟小腳丫，但仍會配合演出，著急問著：「我的小孩，你在哪裡？媽媽都找不到你！」過一會兒，她看我各個房間都跑遍了，就會很得意地跳出來：「我在這裡——」然後是母女重逢相擁的大團圓結局。

現在她早已不玩這遊戲了，但每次她放學進門時，那聲長長的「媽咪」，卻讓我仍有母女「重逢」的歡欣。

如果能把時間前行的軌道藏起來，該有多好！那麼，時間或許就會因迷路而佇足，讓美好的時刻停留。

——二〇一五年十二月十八日

看雪

翩翩就快高中畢業了。

這三年來，我們各忙各的，她忙著適應高中生活，學習新的課業和人際關係，我忙著調適退休生活，面對新的治療和副作用。在不同的生活軌道上，我們都很努力，因為讀書和生病這兩件事旁人都幫不上忙，所以我們總是彼此鼓勵，給對方加油打氣。

高三開始，她每天都得夜自習到十點左右才能到家，我們相處的時間短了許多。昨晚她回來，依舊拿著水果到房間來陪我，聊聊學校發生的事，我想到她暑假要和同學去日本玩，就順口問她：

「你以後想不想去環遊世界？」

「我從來沒有想過這件事。」

「大概你現在太忙了，還沒心思去想這些吧！」

「如果真要想的話，我想帶你和爸爸去看雪。」她說完話，拿著吃剩的水果走出房間，看著她的背影，我讀懂了她的小小心事。

我曾經和她聊過，懷她的那年寒假，我原已和她爸計畫好去北海道看雪，裝備買了，機票也訂了，卻突然發現懷孕了，只好退掉機票乖乖在家休息。雖然這趟無緣的旅行曾是我心中小小的遺憾，但是看到翩翩健康地長大，卻是我最大的滿足，人生的得失中，這局我覺得自己贏得精采。

——二〇一九年五月二十四日

附　翩翩故事集

文／林翩翩

小船嘟嘟

小克跟媽媽走在路上，看到一家賣玩具船的店，小克請媽媽到那家店裡去看看。小克看到他喜歡的船，於是媽媽就幫他買了那艘小船。

小克一回家就跑到房間去玩小船，他想幫那艘小船取個名字，他決定叫它「小船嘟嘟」。小克常常和小船嘟嘟玩，連睡覺的時候也抱著它，他還請同學到家裡一起玩。

過了幾天，小克想到應該另外做一艘船陪伴小船嘟嘟。於是小克做了一艘紙船，把它叫做「小船哥哥」，但是小克都只和小船嘟嘟玩，卻冷落了小船哥哥。

有一天，媽媽把沾了許多灰塵的小船哥哥丟到垃圾桶。小克在垃圾桶中發現了小船哥哥，就拜託媽媽不要把小紙船丟掉。小克覺得應該幫小船哥哥塗上顏色，但是不知道該塗上什麼顏色？小克想了一會兒，然後決定把小船哥哥塗成彩色。

從此以後，小克和小船嘟嘟、小船哥哥一起玩，不再冷落小船哥哥了。

——二〇〇七年四月六日

森林的感覺

小晴和爸爸去爬山，到了山上，小晴覺得空氣很好，但是有些口渴，還好爸爸帶了水壺。走啊走，他們走到三百歲的老樟樹前，小晴說：「這棵樹好大喔！」

「它已經很老了。」爸爸回答。

小晴突然發現有一隻松鼠在老樟樹上，就問爸爸說：「這是什麼？」

爸爸就說：「那是松鼠。」

那隻松鼠正緊張地望著樹下，原來那兒躺了一隻流浪狗，狗狗蜷著身體舒服地睡覺，小晴想到幫狗狗取個名字，於是就叫牠「甜甜圈」。

然後小晴又看到一隻兔子，她心裡就在想：「為什麼兔子的耳朵那麼長呢？」

爸爸發現一個鳥巢，就叫小晴快來看，裡面有五個鳥蛋，其中一個已經孵出白色的小鳥來了，鳥爸爸出去找食物，鳥媽媽在照顧牠們。

他們繼續往前走，小晴看到一個池塘，魚一看到他們，就趕快游走，其實她是在看青蛙，沒想到嚇到魚兒了。

走下山時，爸爸和小晴看到一家小吃店，爸爸就請小晴吃蚵仔麵線，味道真是棒極了。

——二〇〇七年四月二十一日

蚯蚓的地洞

小蚯蚓跟媽媽去散步，半路上，蚯蚓媽媽問他：「小蚯蚓，你可以跟媽媽一起建造一個新家嗎？」

他說：「可以啊！」

媽媽說：「太好了，你可以幫我挖地洞，我來布置家裡。」

小蚯蚓興奮地挖洞，媽媽也快樂地布置，總算把家建造好了。在舒服的新家裡，媽媽生出許多蚯蚓寶寶，媽媽鋪床給小寶寶們睡，小蚯蚓幫媽媽哄小寶寶們睡覺，然後媽媽叫小蚯蚓乖乖留在家裡，因為媽媽要忙著儲存很多食物給小蚯蚓和小寶寶們吃，媽媽還告訴小蚯蚓——不要開門！

過了一會兒，有一隻小鳥敲著門說：「我是你們的媽媽，快點開門啊。」

小蚯蚓說：「我不要開門。」

小鳥只好嘆著氣走了。

媽媽終於回來了，小蚯蚓看到媽媽帶著很多食物回來，他趕快幫媽媽拿一點東西放到冰箱裡。小蚯蚓拿出他的日記本，寫說：

今天是我最快樂的一天，因為我當哥哥了。

——二〇〇七年四月二十二日

小黑羊與金羊公主

有一隻小黑羊跟一群小白羊住在一起，小黑羊很傷心，因為他的媽媽已經死了，那他要怎麼生活呢？

小黑羊很孤單，但是他還有白羊朋友啊！

小黑羊覺得肚子餓，他看到了青草，於是就拚命地吃了起來。吃到一半，小白羊全都跑過來，說：「我們可以一起吃嗎？」

小黑羊說：「可以啊，你們要吃多少就吃多少……」這時候，大家聽到金羊國王來到的聲音，叭叭叭——

金羊國王看到小黑羊可愛的模樣，想把他帶回皇宮，小黑羊聽到這個消息很開心，雖然他會想念他的朋友們，但是他仍然打算去皇宮。

有一天，金羊國王考慮讓金羊公主嫁給小黑羊，於是他要小黑羊好好住在皇宮裡，金羊國王要看看他的表現，看他有沒有資格成為金羊公主的丈夫。

有一天，大壞蛋巴卡亞突然帶著軍隊綁架了金羊公主。

「來人啊，快去把公主救回來呀！」國王大聲命令。

於是小黑羊騎著馬，帶著劍，趕去救公主。

這時巴卡亞的軍隊也加強準備，把公主藏在燈塔裡，派很多衛兵看守著，他們把藏公主的地點寫在謎語中，不想讓人找到。小黑羊看到謎語：「高高的房子，亮亮的燈，好多的眼睛，等待的人。」立刻猜出謎底——公主被關在很多人看守的燈塔裡！

小黑羊跑到燈塔旁，想辦法避開衛兵救公主，但他要怎麼在衛兵發現之前救出公主呢？他想到好點子了！他身上正好有一條長腰帶，他就把腰帶扔上燈塔去，公主伸手抓到了腰帶，他拉著腰帶爬到燈塔上……

「是誰？是誰？」這時衛兵發現了小黑羊，小黑羊就拿出身上的劍，一劍刺死了衛兵。但是，他和公主要怎麼躲開下面的衛兵，回到皇宮去呢？這時，他看見他的馬，於是就和公主一起跳到馬背上，騎著馬回到皇宮。

後來金羊國王決定要替公主和小黑羊舉行婚禮，其他的小白羊也都為他們的好朋友感到驕傲，在婚禮中慶祝狂歡。

從此，金羊公主和小黑羊過著幸福快樂的日子。

——二〇〇八年一月三十日

章魚先生的舞會

很久很久以前，有一位章魚先生，他的綽號叫小章，小章的職業是廚師，專門做壽司，如果你吃了一口他做的壽司，就會覺得簡直像到了天堂一樣。

有一天，小章要去海底超市買海苔、蝦卵、飛魚卵、生魚……，碰到一位美麗的章魚小姐。小章對她說：「你好，我是小章，可不可以告訴我你的名字呢？」

章魚小姐回答：「我叫小真。」

小章很高興，繼續問她：「今晚有個舞會，可以請你當我的舞伴嗎？」

章魚小姐說：「好，我非常樂意！」

當舞會時間到了，可是小真一直沒來。原來她正在挑選禮服，沒想到當她挑選好以後，就被邪惡的珊瑚巫婆抓走了。小章等不到小真，非常擔心，決定去找她，最後終於發現她在珊瑚巫婆的洞穴裡。小章走進洞穴，看一到個金幣，伸手去撿，結果掉進巫婆的陷阱裡，動彈不得。

第二天，壽司店的鯊魚老板看小章沒來上班，他很著急，請大家一起去找他，後來發現他在珊瑚巫婆的洞穴裡，於是鯊魚老板帶著大家走進去，他也伸手去撿地上的那個金幣，結果大家全都掉了下去。這下子，大家都掉進陷阱裡了，除了一個人——鯨魚王子。

鯨魚王子經常躲在家裡，也經常逃學，老師覺得他相當不乖。因為他有一個很大的頭，大家都笑他，叫他「大頭」，他覺得很不快樂，不喜歡出去上學，但是現在只有他能把大家救出來。

這天，他出門去買早餐，發現街上很冷清，教室裡也沒有同學，他覺得很奇怪，於是到處去找，結果去到了珊瑚巫婆的洞穴，他也看到地上的那個金幣，但沒有撿，因為他不貪心，所以還好，他沒掉進去，但是發現大家都在陷阱裡。這時候，巫婆出來對他說：「如果你把皇冠上的彩虹珍珠送給我，我就放了他們！」

大頭的鯨魚王子想了一下，就對巫婆說：「你看，我把彩虹珍珠放在這個金幣上，只要你把他們放出來，這兩樣你都可以拿走。」巫婆看到珍珠很高興，忘了金幣是機關按鈕，她把大家放出來以後，伸手去拿珍珠和金幣，結果掉到自己的陷阱裡，爬不出來。於是鯨魚王子帶著大家離開洞穴，大家都非常感謝鯨魚王子。

雖然小章錯過了前一天的舞會，但是他決定自己辦一個壽司舞會，他做了各種口味的壽司請大家吃，並且邀請小真當他的舞伴，在小章的舞會中，一切都很順利喔！

——二〇〇八年九月四日

「誇張」的故事

從前，有一位名叫「吹牛」的先生。有一天，他看到一棵櫻桃樹，上面長滿了櫻桃，他就把它連根拔起，一口吃下去，結果他得了櫻桃樹病。

什麼是櫻桃樹病呢？

就是全身長滿了櫻桃樹！

後來他去看醫生，醫生把他身上的櫻桃樹都砍下來了。但是這個醫生很貪吃，把砍下來的櫻桃全都吃光了，醫生也得了櫻桃樹病，於是他就去找另外一位醫生，幫他把身上的樹砍下來。

另外的醫生並不貪吃，他把這些櫻桃樹送給一位化學老師，讓他去研究，化學老師把這些櫻桃樹丟進藥水裡面。

「碰」的一聲，裡面變出一隻狗來，櫻桃狗在藥水裡面，也吃了很多櫻桃。因為牠是櫻桃變出來的，所以牠沒有得櫻桃樹病，但是牠吃得太胖了，變成一個氣球。

啊！牠飛上天了——

喔～Bye-Bye……

夏令營說唱藝術課中口頭創作

——二〇〇八年八月十五日

輯四

致我們飄然遠逝的青春

今年八月下旬的夜晚，幾個大學同學聚會完，保吟陪我從合江街走去搭捷運，我還是和大學時一樣不認路，她還是像當年一樣替我帶路，確認我沒問題後，才放心離開。一路上，吹著夏夜溫熱的風，聽她細訴遭逢母喪的心情起伏，走著走著，她突然提議：「找一天，我們約小蘭，找個地方住一晚，好好聊聊，就像我們大一那次去溪頭嘉義玩，好不好？」我滿心期待地回答：「好啊！能放下工作和雜事，再一起出去走走，多好！」

保吟、小蘭和芳芳是我大一時的死黨，新鮮人最青澀的歲月，我們總是同進同出，一起參加活動做報告，一起跳舞逛街看電影。去年十月中，我在臉書記錄了趙薇導演的《致我們終將逝去的青春》，意外地看到保吟的留言：「這戲我一週前看時，想起我們的大學生活，雖不如故事動人，但也是一段只屬於我們幾人的回憶。珍藏。」我在看這電影時，也回想著大學時候的我們，那段屬於我們幾個，無可取代的青春回憶。

大一時，我們幾個總窩在一起，一起上課，一起玩。空堂時，一塊兒待在大仁館開有天窗、採光很好的系圖；放學時，一塊兒嘰嘰喳喳地擠公車下山。直到大二，我們各自有了新的生活方向，有的有伴，有的轉系，有的住進宿舍，我們四個「台北幫」，就這麼慢慢散了……雖然我們還是關心彼此，但已不再有新鮮人的活潑與好奇。

記得有次分組報告，要做現代文學作家的介紹，老師是剛從英國留學回來的年輕學者，老師的嚴格要求嚇壞了同學，大家都不知怎麼做才正確，我們這組選的題目是徐志摩，上台前我們忐忑不安，不知老師會怎麼挑我們的問題，沒想到當我們報告完，竟得到老師很大的肯定，我們鬆了一口氣，但說真的，到現在我還弄不懂，為什麼會得到高分。年輕時的傻氣和懵懂，真有意思！

我們幾個，真的很有緣。在婚姻大事上，保吟和芳芳不約而同嫁給了國軍弟兄，我和小蘭最晚結婚，卻又挑到同一個好日子，結婚那天保吟和芳芳辛苦趕場，而我和小蘭大概都有不能參加好姊妹婚禮的遺憾！在選擇工作上，我們進入社會後，工作經歷轉來轉去，最後都當了老師，從小學到大學，雖然我們面對不同年齡層的學生，但聚會時總不忘分享各自的「老師經」。

走入婚姻後，我們都學著也忙著扮演不同的角色，妻子、媳婦、母親，有好長一段時間，我們無暇回想過去歲月和青春夥伴，丟失了彼此的訊息。直到那年，我大病一場，接受連串的手術與治療後，我停下生活的腳步，重新思索人生，突然非常想念她們，於是在網路上搜尋，找到了保吟和小蘭，然後慢慢聯繫起當年住台北也常往來的同學，憲芸和珮云。這兩年，大家的孩子都大了，我們相約要半年一聚，我戲稱這是「大學姊妹會」。

大學姊妹的聚會，話題除了家庭和工作外，也談生老病死，同齡的我們以相近的步伐，一起學習人生與時間的課程，但對大學時期的點滴，總是津津樂道。記得有一回，我提到班上很有才氣的女同學，某次導師課中輪她報告，但她毫不理會導師規定的議題，大談她近期閱讀的《開放的婚姻》……對於此事，姊妹們毫無印象，也許因為我對她的報告和勇氣感到意外，所以影像清晰、記憶深刻。這些遺忘許久的人事物，因再度提起而變得鮮活，彷佛我們在玩記憶的拼圖遊戲，大家一點一點補齊彼此的記憶缺角。

回想畢業這些年來，我們在各自的小世界中忙得團團轉，過去輕狂的稜角，已被磨蝕為打拚生活的器具，大學時期的一些夢想，早已飄然遠逝。於是，我們都懂了，青春不可能不朽，歲月不可能永遠有著年少的容顏。在人生的路途上，我們被時間催促著腳步，如過河卒子般，努力向前，但回首過往，我們都很珍惜那段一起走過的歲月，無怨無悔的青春。

——二〇一四年十月十五日

初衷

三月底的週末下午，政坤夫婦陪大女兒參加大學甄試，結束後順道來看我，當年初次見面還不滿三歲的小娃娃，轉眼成了新鮮人，真是時光飛逝。

有些朋友從認識之初，就注定了一輩子的緣分！看著這坐在我對面，輕啜咖啡、笑談生活的中年人，讓我想起三十年前的第一次蹺課。在那個風光明媚的秋天早晨，他帶我沿著山間小徑走到陽明山前山公園，當時剛入學的我，雖內心忐忑，擔心教授點名，但卻被秋意染紅的楓樹、青苔浸綠的石橋深深吸引，一路聽他談著文學和美景，當時的我相信，這樣的活動比坐在課堂聽講，離文藝創作更近些。

米蘭・昆德拉的小說《身分》中說：「友誼，是讓我們的記憶運作良好不可少的一個要素。」因為「他們（朋友）是我們的鏡子；我們的記憶；我們對朋友無所求，只要他們能不時擦擦這面鏡子，好讓我們照照自己。」朋友像鏡子，能使我們從中端詳自己的面貌。見到政坤，常使我從泛黃的記憶中，照見大學時代的自己，而十六年前的那次重逢，讓我深信，這緣分是冥冥之中的安排……

初冬的早晨，在車水馬龍的士林中正路口行人穿越道上，我與政坤在大學畢業十多年音訊全無之後不期而遇。當我們四目相交，認出彼此，他轉身和我一起走過馬路，帶我去認識坐在車上的太太和兩個女兒，然後我們匆匆交換電話道別。當下我們都發現，這些年的空白，迫使我們必須跨越記憶的斷裂，回到過去，為彼此填補起未能共同參與的人生。當天晚上，在長長的通話中，他細述畢業後，當兵、出國、結婚、生女、創業……，我也娓娓道出讀研究所後結婚、教書的生活。他對當年梳著馬尾一同摘橘子的女生，如今能站在講台上而不臉紅結巴，感到驚訝；我也對這曾與我分享個人作品和戀愛心得的男生，如今抱著女兒談著網路事業而滿心幸福，感到意外。然而我們都深有同感——青春時光已在眼前飛快流逝。

年輕飛揚的大學歲月，總是老友相聚時，一再咀嚼而毫不厭膩的話題，正如並不崇拜偶像和憧憬愛情的我，卻對日劇《愛情白皮書》喜愛有加，那個描述大學死黨情誼的故事，常把我的思緒拉回青澀純真的時光中……彷彿看見抱著厚重《說文解字》的自己，穿梭在大仁館和大義館間；在華岡淒風苦雨的夜晚，等在電腦教室外排隊打作業；在白天文藝主修和晚間英文輔系的空檔，啃著男友送來的麵包果腹。那是一段物質貧乏，卻精神愉快的日子，雖然那時的我們也有許多牢騷，但卻無法掩飾成長的歡欣和青春的喜悅。

政坤是第一個讓我感受到什麼是「文藝組」的人，他寫詩、寫小說，他讀赫塞、讀尼采。還記得有次在大典館上課，祝豐老師正在解析作品，我們倆就坐在老師前方的長桌兩側，政坤將他的小說偷偷遞給我看，我看得很有興味，傳紙條問他情節安排什麼的，就在老師面前這麼一來一往，老師雖然瞪了我們幾眼，卻沒說什麼，現在想來，那真是一段年少輕狂的歲月。大二之後，在我開始了解什麼是「文藝組」時，政坤卻意志堅定地轉去會計系，決定學商，做個生意人。政坤曾說，那次中正路口的偶遇，使他接續起過去屬於文藝的自己，那時的他曾再度提筆寫小說，寫關於網路和人際關係的故事，他的生意夥伴大多感到意外，我卻覺得熟悉親切。

後來政坤放下寫作的筆，由網路事業走向數位出版，創辦出版社，為喜愛文學的人搭建舞台，出版文藝作品，舉辦文學獎，支持文學研究社團……我想，不論是半路出走另闢道路的政坤，或是留在學校繼續努力的我，雖然我們最終都沒有成為作家，但我們都在用自己的方式，堅持喜愛文學的初衷。年輕時的夢想，也許不會完全依照最初的藍圖去實現，但經過歲月的淬鍊打磨之後，往往會轉化成另種樣貌，悄悄還魂歸來。

——二〇一四年十月三日

憑感覺

「哎喲，這裡好痛……」媽坐在我隔壁的椅子上叫出聲來。

顏師傅一邊按摩，一邊微笑說：「這裡的皮比較薄，所以比較敏感。你來第五次，所以還不習慣，大概十次以後就會比較好。像你女兒已經二十次了，就很適應了。」

我頑皮地加了一句：「對啊，像我現在就是『難受』變『享受』了。」媽又好氣又好笑地打了我一下。

今年入夏後，我每週到南門市場附近，請一位視障師傅顏先生替我腳底按摩。這活動的開始純屬偶然。從年初起，姊姊想盡方法要幫我減輕治療的副作用，五月時她陪朋友去腳底按摩，覺得舒壓效果不錯，就想我或可一試，於是陪我去榮總治療時，她問趙醫師我是否可以腳底按摩，趙醫師說：「可以，但不要推拿整骨和劇烈運動，因為骨頭較脆弱。」在姊陪我去了幾次後，我便自己乖乖地按時報到，幾個月下來，我和顏師傅越來越熟，聊的話題也越來越多，最近一個月，媽也加入了按摩行列。

顏師傅比我年長幾歲，是典型的天秤座，為人溫和有禮，說話慢條斯理，工作仔細認真。相處一段時間後，我發現他有個異稟——對數字的超強記憶力：剛開始是因為我和他約時間，他完全不需輔助工具，直接將工作日程表記在腦裡，這讓我既羨慕，又驚奇；之後我又發現，他可以說出每位客人到訪的次數，以及記住一百多個電話號碼；最近，更令我嘖嘖稱奇的是，他對許多歷史事件的「數字」如數家珍。

半個月前秋老虎，天氣熱到不行，我們聊到氣溫，他說：去年父親節那天，台北溫度飆破了記錄，高達三十九點三度。上星期颱風來襲，我們聊到淹水，我說記得有一年颱風，台北火車站捷運淹大水，他就說：那年國賓飯店前的地下道也淹滿了，是在民國九十年，納莉颱風的時候。我聽得目瞪口呆，問他：「你怎麼都記得？」他靦腆地回答：「因為我喜歡歷史。」他的數字天賦，讓人想到朱賽貝・托納多雷的電影《寂寞拍賣師》裡，那位總坐在咖啡店窗邊、有數字異能的女侏儒，她能準確無誤地說出有哪些人、在何時、多少次，進出那座屬於她的大宅院。

顏師傅工作的這間按摩院，有二十多位師傅，全是視障者，我每回按摩，除了和顏師傅閒聊外，還會觀察師傅們的工作和互動，他們的生活方式和我們很不一樣。顏師傅是個達觀的人，從不避諱和我談視障者的日常生活，雖然我教書多年，也碰過一些視障生，但對他們的生活狀態，我從未仔細探問過，但從顏師傅那兒我學到許多，也想通一些道理。

那天，我坐在飲水機附近，看見年輕的全盲師傅阿吉端著不鏽鋼茶壺走來，茶膽裡的茶葉已泡開膨脹，高過壺口，他直接拿到飲水機出水口，加添開水，我很擔心他會燙到手，一直目不轉睛看著他，但不一會兒他便輕鬆地裝妥離去。我忍不住問顏師傅：「阿吉怎麼知道水滿了？」

顏師傅說：「憑感覺！」

「不會燙到手嗎？」我追問。

「也一定燙到過手，但久了，憑感覺就可以知道水差不多要滿了。就像我們盲人也能煎魚……」

「對——，那天我聽到有師傅說要煎魚，那怎麼煎呢？」我迫不及待插嘴問他。

他笑著慢慢說：「魚下鍋以後，煎到有焦香味出來，就知道快煎熟了，眼睛看不到，其他的感覺就會特別敏銳，就像我有個朋友是全盲，他能穿針，我們有一點視力的都比不上他，還要請他幫忙穿針……」

我很好奇：「他怎麼做到的？」

顏師傅輕描淡寫地說：「就是憑感覺，久了就熟能生巧，就像聽障者的眼力特別好，他們雖然聽不到，但觀察很細微，別人臉上一點點的情緒變化，他們都能看出來。視力不好的人，聽覺、嗅覺、觸覺通常會比較好；下半身受傷無力的人，上半身的肌肉會特別發達。人都會找到一種求生存的方法……」

顏師傅的這番話，使我想起黃春明的散文〈屋頂上的蕃茄樹〉，文末描述他小學三年級時，看到他家屋頂長出蕃茄，就問祖父，為什麼屋頂沒有土能長出蕃茄？祖父回答：「想活下去的話，管他土有多少！」我們明眼人，常被許多事物眩惑，總覺得所有的便利都是理所當然，而顏師傅他們在成長過程中，應早已習慣了挫折和不便，甚至為了「活下去」，學會一套適應生活的方式。他們可以憑感覺添水，憑嗅覺煎魚，憑觸覺穿針……因為看不見，一切得用心，但看不到外界的干擾，心似乎更清明了。

——二〇一四年九月二十八日

天天想你
——給文藝組九九年入學的畢業生

當我佇立在窗前，你愈走愈遠，
我的每一次心跳，你是否聽見？
當我徘徊在深夜，你在我心田，
你的每一句誓言，迴盪在耳邊。

我們說好的，〈天天想你〉是我們文藝四的班歌。

故事的開始，是二〇一三年的耶誕。那天下午最後兩堂課，我們在導師時間辦了耶誕同樂會，這是我的小小私心，因為過完年我必須請假治療，無法陪你們到最後一學期，所以我決定留下歡樂的回憶，讓自己少點遺憾和虧欠。你們班平時安靜乖巧，不常搞笑，但為了同樂會的表演，不但分組設計節目，許多同學還不顧形象，放下身段，賣力演出，有的唱歌、跳舞，有的演戲、變魔術，搏得許多掌聲和笑聲，讓我對你們另眼相看。

那天，雅珊和羅謙這組表演歌唱，唱的是陳綺貞版本的〈天天想你〉，不知情的你們覺得那是好吃好玩的耶誕趴，對我而言，卻是最後一次在教室裡和你們共度課堂時光，聽完雅珊的歌，有種莫名的思念愁緒，於是我起身故作鎮定對你們說：「聽了這首歌，這個寒假，我真的會天天想你們了！」看你們笑得很樂，我又說：「畢業以後，開同學會時別忘了唱這歌來相認，這就當我們的班歌好了！」我的玩笑，你們當真了。第二天，純安、哲雅、庭慧等一群同學在KTV大合唱〈天天想你〉，上傳臉書給我看，我邊看邊笑，笑到眼角濕濕的。

隱隱約約，閃動的雙眼，

藏著你的羞怯，加深我的思念。

兩顆心的交界，你一定會看見，

只要你願意走向前。

在文藝組擔任導師十多年，你們是我唯一當兩次導師的班級，大二時的初相遇和大四時的再相逢，所以我總說：我們的緣分很特別。記得你們大三下學期期末，在「小說選及習作」課將結束時，我和大家說：「對有些同學來說，這可能是我們最後的一次課了，因為你們大四沒有我的必修課了！」當時我發現有些同學有點悵然，於是我輕聲地說：「人生不就是這樣嗎？緣起緣滅！」但一個月後，我接到通知，要我再帶你們一年，我很意外，也很開心，在臉書上給你們留言：「讓我再陪你們一程，然後以喜悅的心情看你們展翅飛翔……」但正如我們討論沙特小說〈牆〉時所說的，人生的荒謬，上帝的玩笑，你的手指常無法在人生的琴鍵上彈出你預想的音符，從天而降的休止符，使樂音戛然而止，讓人有種不知所措的困窘。

我的中途離席，增加了同事的壓力，李老師接下了你們導師的工作，帶著你們幫我加油打氣，在我開始治療的前半年中，陸續收到你們的特別禮物，而這些都是支持我的力量：三月，收到張笠、詩宴和一群同學做的一大盒紙鶴，色彩繽紛，充滿活力；四月，收到芷羽寄來你們為我製作的繪本，同學們分別留言繪圖，不但貼心地放上生活照，還為逗我開心，寫上許多笑話……每翻閱一頁，就像你們輪流跳出頁面和我說話，於是我把想告訴你們的話留在臉書上，就像大三時每週在你們小說課的學習冊上留言：

週二下午收到郵差送來你們為我製作的專屬繪本，超級感動，這是我第一次擁有只屬於我自己的一本手繪書，內心的意外和激動是難以言喻的。請病假以來，有些情緒很複雜，本該怨天尤人的心情，因為大家對我的愛，讓我了解而更加感恩，原來，這些人生的磨難，是為了見證愛的存在！作為一位老師，我必須承認，我很幸福，也很幸運，因為我得到的遠比我付出的多得多。因為我們的緣分那麼深，所以，請不要嫌我囉嗦，我想和你們多說幾句——

惠婷：你給我的四大期願，我會努力達成，你的「阿肥」好可愛，而你的舞蹈每次回味，總讓我心花怒放。

哲雅：你給我的海芋花語，就是我們共有的純潔、幸福、清秀、純淨的愛。謝謝你擔任我的教學助理，為我分擔許多雜務！

鳳如：你是個用功的乖學生，文筆很好，希望以後能繼續多寫；那天下午和你聊天，應是三年來和你說話最多的一次了，可惜那天忘了照相！

柏元：你的笑話很好笑，但江湖上到底流傳著什麼話？

宛嫺：我還記得你的筆記總是厚厚一疊，字跡工整，也謝謝你在私訊中和我分享的人生經驗！

紹儒：你還是把我名字寫錯了吔！很高興你覺得我不像傳說中那麼嚴厲了！

羅謙：你畫了蠟筆小新的背影，你暗指你自己嗎？哈哈，我也和你一樣，聽到〈天天想你〉，就會想到你們。

黃晴：你畫的我和女兒，好可愛。我還記得你上課的主動發言和提問喲，我喜歡有反應的學生，繼續加油！

翊暐：你寫文言文吔！我喜歡你給我《海賊王》裡的話：「要常笑」！我會記得的。謝謝你幫我收了一年的學習冊。

張笠：你考上理想的研究所，很為你高興，未來的路還會很辛苦，要繼續努力。謝謝你送給我《聖經》中的句子！

詩宴：很高興你常和我分享你的喜怒哀樂，就像朋友一樣。面對新的學習環境，一定會有不安和恐懼，但這也是進步的動力，不要害怕，相信自己！

鈺芸：謝謝你對我教學的肯定，這是師生互動的成果！而那個Twenty five的笑話，還真好笑！

美宝：看到你的留言，知道你現在的心情，我們有緣還會再聚首的，不要失去你的感性，剩下的大學生活尾巴，還是要好好把握，才不會遺憾。

亭瑄：你總對朋友盡心盡力，常為了朋友出現在我的研究室，談你對他們的憂心，這些都讓我記憶深刻，而且好感動！你是個給人溫暖的人。

徐萱：你說能回饋給我的不多，其實，我收到的很多，愛是一種神奇的力量，會不斷分裂擴散，而且生生不息的。

昆賢：看來你常看我的臉書，所以放心啦，畢業以後我們還能常聯絡的，
不要感嘆，不要徬徨，勇往直前就對了。
亦涵：你的文字排列方式很特別，但我很快就發現了喲，哈哈，你說的
學長，我好像還有點印象，有機會去台南，會去光顧一下那間咖
啡館！
庭慧：上回你沒來同樂會，還視訊了！有沒有一點遺憾的感覺？我喜歡你
的第一個笑話，要笑（藥效）二十四小時。
于婧：你畫得很漂亮，我把照片附在下面了！
意容：謝謝你的祝福，要持續你對創作的熱情喲！
志豪：我們的互動不只在文學，還在音樂，最近看了你推薦的《尋找甜秘
客》，我很喜歡。謝謝你幫我拿了一年的學習冊。
佳琪：很開心你喜歡繪本的閱讀，謝謝你也為我女兒翩翩打氣。
吳瑄：九九乘法表的笑話，我和女兒研究了半天，終於懂了，哈哈哈。
雅珊：沒想到你還記得大二時的導師時間，我用你們的自傳和你們談天，
認識你們。我還記得你唱歌的模樣，很有自己的味道。

天戰：有機會想看你當場表演溜溜球，雖然電視上的我已看到了。

陳寧：我們的互動不多，但我記得大二那回導師時間之後，你留下來和我談了許久你的創作想法，喜歡創作，就要堅持下去，加油。

自瑋：你的話很少，筆記也簡單明瞭，但你總是默默觀察身邊的事物，而且常能看到別人沒注意到的點！

博聰：上學期的微電影，沒想到你那麼放得開，真令我刮目相看。

千柔、雨靜：你們倆常一塊出現在我的研究室，和我說說笑笑，給我帶來許多歡笑，那天下午我們聊了許多，真遺憾沒留下合影。謝謝雨靜在班務上給我的大力幫忙，你是我的小天使！

俊嘉：你畫的小菜（小蔡），還真幽默！

俊銘、建廷：沒想到你們倆私下叫我如珊姊姊，謝謝把我變年輕了一輩！你們倆在創作上都要好好堅持下去，彼此鼓勵喲。

純安：謝謝你們常傳七條的照片給我解悶，我很開心那天牠終於學會爬樹了。

佳雯：你很誠實地說出上我必修課的苦悶（哈哈），但我們還是走過來了，大四的成果展，期待你們有更好的表現。

奕臻：很開心你喜歡學習冊的運用，那是我和同學交心的過程，對我而言，那是我真正認識你們的開始。

青欣：你的腦筋急轉彎，真是很無厘頭，哈哈哈。

家瑜：從你轉來文藝組時，我就發現你的繪畫才能，你畫的貓頭鷹超可愛。我附在下面了喲。

天佑：我知道九月回去時，大概還能碰到你，加油了！

映儒：你對學習冊的描述，我很感動，那是我們共同走過的痕跡。你的笑話，我和女兒笑到不行。

昱廷：你錯了，我記住你的名字和樣子了，尤其是那天唱歌的模樣！

芷欣：你總是靜靜的，看到你的笑話很有意思，希望在台灣的日子給你留下美好的回憶。

家慶：給了自己期許，就下定決心好好實現，雖然你說未來是未知數，但我相信，只要開始去做，就能慢慢累積實力的。加油！

芷羽：謝謝你為這繪本做了後製插圖，一定辛苦了很多的夜晚，我很感

動，也很珍惜這特別的緣分。未來的路，你會走得豐富多彩的，要
有信心！
睿驛：我知道你還會繼續當我的學生，九月以後，我們還有故事未完～
回了四十幾位同學的話，希望你們都收到。謝謝你們的祝福和鼓勵，
還有許多讓我笑出皺紋的笑話，我相信我們的緣分不會終止在這裡，我們
還有故事要繼續。

二〇一四年五月，我去參加你們的謝師宴，盛妝打扮的你們，看來長大了許多，是即將步出校園的社會新鮮人了。雅珊邀我和羅謙、睿驛、天佑一起「昨日重現」，合唱〈天天想你〉，而最後的節目，是播放老師們的祝福，我沒想到在這樣的氣氛下，和大家一起聽著我給你們的錄音，芷羽坐在我身旁，輕輕地把頭靠在我肩上，我有一種送女兒出嫁悲喜交加的複雜心情：

文藝四的同學大家好，我是宋老師，好久不見了！前天惠婷和我說要

給你們畢冊留一些話，我本想用手寫的，但昨天收到睿驛送來你們的錄音檔，我改變心意了，決定錄一段話給你們做為回應。而且我想，聲音好像更有溫度一些，也感覺更親切一點。

首先，我要謝謝李老師。她把你們聚起來，為我準備這份珍貴的禮物，真的很給力喔！在你們的錄音留言裡，我聽到你們對我的關懷鼓勵，還有很多的不捨心疼。我很感動，即使是那些本來互動不太多，或者是羞於表達的同學，但我發現，我們的心一下子拉近了許多，而且是，如此地靠近。我聽著你們的聲音，然後想著你們的表情，讓我好懷念那段一起上課的日子。

你們談了對自己十年後的期望，有的同學只希望平凡快樂的生活，然後有一個美滿的家庭、安穩的工作，養活自己還有父母家人，這看來小小的願望，其實我覺得很棒，因為這是所有大夢想的基礎。也有同學，要堅持寫作，想寫小說，寫詩，寫劇本或者翻譯，對於一個文藝組的老師來講，我很高興聽到文藝組同學對創作的執著。我想，未來即使你們不把這些當成「飯碗」，但別忘了，這是能夠讓你人生獲得很多快樂和滿足的方法。所以，千萬不要丟掉文學這個朋友喔！

最近呢，我在朋友的推薦下看了一部日劇《倒數第二次的戀愛》，結局裡女主角有句話說得很好，我要跟你們分享，她說，要和自己的未來談戀愛。所以，我也期望你們從現在開始，就跟你們的未來談戀愛，而且要好好去愛，好好去經營。

至於我呢，我也在想，我自己對未來十年的期望是什麼呢？我發現，我和許多同學一樣。首先呢，我覺得應該是認真努力地活著，然後呢，就像很多同學說的，希望和你們再聚首，到時候，我們要一起開啟這個時空膠囊，來驗證我們現在許下的這些願望是不是都實現了。

最後，親愛的文藝四同學，加油囉！*

畢業典禮後，我收到睿驛用Line傳來自己編曲彈奏的〈天天想你〉，我用手機一遍遍地播放，心裡想著你們這一班。在人生這趟單程旅途上，我們都沒有回

* 謝謝佳雯和庭慧幫我的錄音做成文字稿。

頭再來的機會，我們在此相遇交集，然後分手道別，往各自的人生道路繼續前行，也許有天會重逢，也許就此各奔東西，但我相信，多年後回首，我們都會記得，曾有這麼一段歲月，我們一起走過……

天天想你，天天問自己，
到什麼時候才能告訴你？
天天想你，天天守住一顆心，
把我最好的愛留給你！

——二〇一五年七月二十九日

最浪漫的事

——給文藝組一〇〇年入學的畢業生

乍暖還寒的五月初夜晚，我獨自走過泛著潮氣的忠誠公園，去參加你們的謝師宴。你們要畢業了？我感覺很不真實！在我缺席的過去一年裡，時間彷彿停格，腦海中的景象，清晰地靜止在二〇一三年十二月三十一日我們最後的課堂中，在我心裡，你們是永遠的文藝三。

關於你們的記憶，像幻燈片在眼前播放：記得你們剛上大二時，第一堂課中，我習慣地介紹課程和作業要求，但你們的說話聲此起彼落，令我有些不耐，其中還夾雜帶有鄉音的普通話，我納悶：「這是真的嗎？我要開始教大陸人大陸文學了嗎？」之後的某天，冬雨飄飄，水氣極重，大孝館教室後的大片玻璃窗布滿霧氣，坐在後排的瑞恩突然站起身來，走到窗前用手指畫圖，她的舉動讓正在講課的我停了下來，於是全班回頭，笑成一團。

我不曾擔任你們的導師，但和你們很投緣。不知是因為那次讀書會，和你們討論蘇偉貞的小說〈陪他一段〉，愛情話題拉近了我們的距離？還是那回在課堂中，我和大家分享病榻上父親對我的愛，讓你們看到生活中更真實的我？於是我的研究室成為你們的「告解室」，短短一年半裡，除了訴苦和分享外，竟有近十位同學在我那兒落淚，甚至痛哭，傾訴內心的祕密和苦悶。我知道你們和學長姐一起偷偷在背後喊我「宋媽」，我一直不太喜歡，因為我總覺得老師就是老師，但在這些點點滴滴之後，我慢慢接受了。

大三上學期，是我們相處的最後半年，那段時間我的身體每況愈下，上課咳個不停，你們看得很不忍，除了關心和慰問，有的端來薑茶或送上喉糖，也有的告訴我不同的止咳祕方……但那學期我們玩得很開心。頭一回是你們鬧著要玩萬聖節變裝秀，我準備了許多糖果，辦起橘黑趴，大家依約穿著橘或黑，也有同學刻意裝扮，那天的高潮是吃完糖果後我開始講課，突然承陽和信頡赤裸上身、穿著泳褲、頸掛蛙鏡推門進教室，大家先是一怔，然後有人準備拍照，但他倆快閃逃開，留下一片驚呼和狂笑，半天回不過神來。

那學期的最後一個月，有次我臨時請假，這是我教書多年不曾有過的情形，因為檢查報告出來，我必須轉診血液腫瘤科，重新安排治療計畫，而門診時間就是我們上課的時間。接下來，我碰到一個大難題——如何告訴你們未來的日子我將缺席，而且理由如此沉重。考慮許久後，決定等到下學期開學前再告訴你們，但我又私心地想讓大家在結束前留下美好回憶，就像我們在課中談過的：人生的遺憾，常是因為無法留下「美好句點」。於是在二〇一三年最後一天的課堂中，我們有了難忘的年終同樂會，瑞恩獻唱的〈最浪漫的事〉，成為我們共同的約定。

標靶治療和藥物實驗開始後，隨之而來的副作用，是一場身心與病痛的對抗，而你們透過臉書和Line給我的鼓勵和關懷，是我很大的支持力量。還記得那時收到你們手做的星星和卡片後，我感動不已，在臉書給你們留言：

親愛的文藝三同學：

週三嚴老師帶來你們滿滿的祝福，就在我打針治療後非常不舒服的第二天。週二是我去醫院治療的日子，原本我們應該共度的上課時間，常是我煎熬的時刻，必須面對不同的檢查和治療。那天我雖然還是無力想吐，但心情卻很好，因為你們讓我很感動，而且好幸福。我坐在床上，玩一種自得其樂的遊戲——抽抽樂：從紙袋中隨機抽出一張卡片，看看是誰寫的，然後回想一下我對他的印象……（你們可以想像我一個人在房間看著卡片傻笑的模樣）

聽淨仔說，那罐珍貴的星星是同學一起努力的成果（揪感心哎），而且有些同學是第一次摺紙星星，但大家很認真地學習，彼此教導幫忙。好可惜，我沒法親眼看到那一幕，但我感受到你們強大的愛。當我拿到那罐星星時，我好意外，真不知該說些什麼，我好像只說了：「唉〜這些孩子……」（刪節號代表的情緒和情感是我無法用文字形容的）。當你們班一年半的老師，我卻得到好多好多，感謝這緣分！

這兩天又看了幾次你們的卡片，真是太有意思了。大多數的同學乖乖稱呼我宋老師或如珊老師；也有不少，不管我的抓狂，仍叫我宋媽（算了，我不計較了，有你們這樣的孩子，也真不錯）；也有直接叫我如珊，表示親熱；也有稱呼免了，大概因為太熟了（哈哈）。但不管你們把我當什麼，我都很樂意有你們這群學生、孩子和朋友。

在卡片中，除了問候和加油打氣之外，我還收到圖畫和詩，我們班真多才多藝！我會記得我們的約定，你們要乖乖讀書，等我回去。還有，你們答應要唱歌給我聽的，以後上我的課不遲到的，老了還要和我歡聚的，遺憾沒和我一起看星星的……我都記著了，不要黃牛喲！

最後，我們約定的「最浪漫的事」，你們的星星和卡片，真的超浪漫的，我臣服了！我只好回到年輕時浪漫的我，把你們的卡片在我家的地板上排成美麗的圖形，上端有個燭火般的「Love you」，回報你們的浪漫！

說了一大堆，竟忘了說最重要的一句話：謝謝！親愛的文藝三同學。

宋老師　二〇一四年三月一日

如今，過了一年多，星星和卡片依然整齊放在我的書櫃裡，我也重回學校，但你們就要走出校園了。謝師宴裡，我和你們一起追憶這些共渡的時光，看到同學悄悄抹淚，有不捨，有感動，但時間終究不曾為誰放慢腳步！最後，不管以後你們走得多遠，飛得多高，希望別忘了我的叮嚀：

珍惜當下，勇敢追夢，莫忘初衷。

——二〇一五年五月二十六日

我知道，總有一天，你必須離開，
當你的骨灰沙沙地流進青草大地，
像小精靈的金粉般，輕輕一吹煙消雲散。

但我相信，在我們一起走過的日子裡，
你早已將最美麗的部分留存在我們心裡。

所以——
離開，只是將此生的回憶打包封存，繼續前往下一趟旅途，
而我們的愛與想念，將永遠永遠擁抱著你。

釀文學266　PG2759

我們

作　　者	宋如珊
責任編輯	尹懷君、陳彥儒、林哲安
圖文排版	黃莉珊
封面設計	王嵩賀

出版策劃	釀出版
製作發行	秀威資訊科技股份有限公司 114 台北市內湖區瑞光路76巷65號1樓 電話：+886-2-2796-3638　傳真：+886-2-2796-1377 服務信箱：service@showwe.com.tw http://www.showwe.com.tw
郵政劃撥	19563868　戶名：秀威資訊科技股份有限公司
展售門市	國家書店【松江門市】 104 台北市中山區松江路209號1樓 電話：+886-2-2518-0207　傳真：+886-2-2518-0778
網路訂購	秀威網路書店：https://store.showwe.tw 國家網路書店：https://www.govbooks.com.tw
法律顧問	毛國樑　律師
總 經 銷	聯合發行股份有限公司 231新北市新店區寶橋路235巷6弄6號4F 電話：+886-2-2917-8022　傳真：+886-2-2915-6275

出版日期	2022年7月　BOD一版
定　　價	280元

讀者回函卡

Printed in Taiwan

國家圖書館出版品預行編目

我們 / 宋如珊著. -- 一版. -- 臺北市 : 釀出版 :
秀威資訊科技股份有限公司發行, 2022.07
面 ;　公分. -- (釀文學 ; 266)
BOD版
ISBN 978-986-445-646-8(平裝)

863.55　　111004244